L'ÉQUIPÉE DE GABRIELE D'ANNUNZIO

Albert Londres

L'ÉQUIPÉE DE GABRIELE D'ANNUNZIO

arléa
16, rue de l'Odéon, 75006 Paris
www.arlea.fr

Collection « Arléa-Poche »
– N° 167 –

Novembre 2010
EAN 9782869599208

La guerre finie, Albert Londres est déjà célèbre parmi les reporters et dans le grand public. Le jeune poète lyonnais monté à Paris et rêvant de voyages s'est « fait un nom ». Ses premiers reportages d'après-guerre, dont celui-ci, en l'Italie, contribueront à le faire connaître davantage encore. Y compris, parfois, contre son gré. Après une première série de reportages effectués pour Le Petit Journal *au printemps 1919, Albert Londres s'enthousiasmera pour un personnage fascinant qu'il a connu à Venise : Gabriele d'Annunzio. Poète célèbre né dans les Abruzzes en 1863, d'Annunzio a pris position dès 1914 en faveur de l'engagement de l'Italie aux côtés des Alliés. Le 5 mai 1915, il a prononcé un discours fameux qui emporte la décision du peuple italien. Mais c'est l'affaire de Fiume – port de l'Adriatique disputé entre la Yougoslavie et l'Italie depuis l'écroulement de l'empire austro-hongrois – qui lui donne l'occasion de jouer un rôle politique de premier plan, jusqu'au rattachement final de Fiume à l'Italie en 1927. Londres, qui se considérait lui-même comme un poète, voit en d'Annunzio un héros à sa mesure et se laisse littéralement fasciner par lui, du moins jusqu'à ce que le grand poète succombe à la mégalomanie et s'érige en dictateur.*

*Pendant son « bout de route » avec d'Annunzio, Albert Londres a de nouveau changé de journal. En effet, ses articles sur l'Italie publiés au printemps 1919 ont déplu à Clemenceau qui a réclamé – et obtenu – le limogeage pur et simple du reporter à l'esprit trop indépendant. Après quelques mois d'inactivité forcée, celui-ci a été engagé par l'*Excelsior, *quotidien populaire lancé en 1910 et disposant de moyens importants.*

COMMENT L'ITALIE SORT DE LA VICTOIRE

Ses difficultés matérielles, sociales, diplomatiques

Rome, mars 1919

Lorsque l'Italie, la bataille finie, rouvrit les yeux, elle ne retrouva plus son ennemie. Le puissant souffle de la victoire l'avait volatilisée : il n'y avait plus d'Autriche. Or, notre sœur n'est pas heureuse. Des craintes passionnées la dévorent. C'est que de la coquille brisée, des poussins sont sortis qui la piquent du bec. La Yougoslavie empoisonne l'Italie.

D'abord, disons ses misères matérielles.

Paris, où êtes-vous ? Avec vos dîners à douze francs, vos chaussures à soixante, vos complets à trois cents, où êtes-vous ? Où sont vos pains, vos viandes ? La vie est plus chère ici de trente pour cent qu'en France et comme tout manque, on ne satisfait, pour ce prix, ni ses appétits ni ses besoins.

Tous les stocks sont épuisés. Fin avril, il n'y aura plus de blé. La maladie sévissant sur les bêtes, dans la vallée du Pô, celles qui restaient, au lieu de tomber aux abattoirs, crèvent aux étables. Pas de moyen de transports, même raison qu'en France : usure et administration. Marine marchande éprouvée, camions inemployés compliquent l'embarras. Nécessité rend pillard : les rares dépôts contenant encore farine, lait condensé, repoussent chaque nuit des tentatives de vol. La conserve de tomates, base de toute cuisine italienne, est objet de taxe ! Les épinards se vendent à l'hecto ! Fromage, beurre, huile, vin, tous produits de la campagne romaine deviennent insaisissables. Plus de bouches à nourrir qu'avant la guerre, les innombrables émigrants étant rentrés, et moins de denrées. Les paysans ne pouvant pas, contre l'argent de leur terre, acheter, parce qu'ils sont trop chers, les objets de la ville, ne veulent plus être payés en numéraire et réclament le procédé nègre : l'échange.

Jadis, voilà quinze mois, pour tourner les restrictions, les restaurants d'ici inventent un plat. On lisait sur les menus : côtelette de poisson. C'était une escalope de veau. Hélas ! plus la moindre côtelette de poisson. Depuis cinq jours, j'ai passé les Alpes, je n'ai encore eu à digérer, comme solide, que les émouvantes pierres de Rome. Bref, nous résumerons cette situation ainsi : il est à Rome un homme raisonnable, qui l'habite depuis vingt-cinq ans, c'est le correspondant du *Petit Journal.* Quand je fus en sa présence et me mis à lui parler de la Yougoslavie, il m'arrêta court : « Ah ! mon cher, s'écria-t-il, une en-tre-cô-te ! »

L'Italien étant sobre, de bon sens, honnête et n'étant pas mystique, le bolchevisme n'a pas pris sur sa peau. Le parti dirigeant socialiste a toutefois l'intention de bouger. Ces jours-ci, il expédiait un manifeste à tendances turbulentes à tous les comités, histoire de les réveiller. À Turin, à Milan, à Bologne, centres ouvriers, des processions étoffées de travailleurs, mais silencieuses, parcourent les rues. De Bologne à Ancône, il y eut toujours une base d'agitation. Elle persiste. Jusqu'ici, deux seules manifestations : la grève des modistes à Turin et les journalistes et les magistrats qui se fédèrent. Pas grave.

Les revendications sont les mêmes partout : moins d'heures de travail, plus gros salaires. On s'attend à des convulsions. On verra des crises de croissance, non un chambardement. Cependant, si l'Italie sortait de la Conférence de Paris avec un prétendu échec diplomatique, cela, d'après plusieurs Italiens, même modérés, pourrait brouiller le jeu. Les mouvements auraient chance, alors, de prendre un caractère révolutionnaire. Mais, et c'est M. Giordana, directeur de l'*Epoca*, homme à l'esprit ouvert, qui va conclure : « Mais si on nous donne Fiume et Zara, un peu d'argent, du blé ou au moins des bateaux et les élections en juin, tout marchera bien. »

Et maintenant, pénétrons dans le cercle passionné. Parlons de Fiume. L'Italie, l'Italie entière, du bout de la botte à la cime des Alpes, veut Fiume. Elle le veut d'un désir brûlant. Les lenteurs de la décision ne sont plus pour elle une attente, mais un tourment.

Tout ce qui l'aide à espérer la soulage. « Le grand journal populaire parisien *Le Charivari...* », lisais-je hier dans le principal quotidien de Rome. Et sous ce titre suivaient deux colonnes, reproduction du confrère.

Pour Trente et Trieste, l'Italie regardait à faire la guerre. Pour Fiume, elle est prête. Si l'Italie n'a pas Fiume, elle se sentira lacérée, le triomphe lui sera douloureux, le goût de la victoire détestable.

Pourquoi ?

Quand l'Italie entra en guerre, et signa le pacte de Londres, Fiume n'était pas compris dans ce qui devrait lui revenir. Les nationalistes, ceux qui s'appellent les « impérialistes », rêvaient bien, si les armes donnaient raison à leur cause, de revendiquer Istrie et Dalmatie. Les autres n'en parlaient pas, les autres même n'en voulaient pas. La victoire arrive, c'est-à-dire les Yougoslaves naissent.

L'Italie et la Serbie, au cours des hostilités, avaient échangé des conversations conciliantes, Italie et Serbie étaient en voie d'entente. La Yougoslavie, en s'unissant à la Serbie, lui apporta ses revendications propres et du même coup vint tout brouiller.

C'est, bien entendu, le point de vue italien que nous exposons, sans prendre parti, déduit de plus de vingt entretiens que nous venons d'avoir avec des hommes de toute la politique italienne.

Donc, la Yougoslavie impose son impérialisme à la Serbie. Étonnée, l'Italie se trouve subitement devant l'appétit de ses rivaux adriatiques. Cet appétit réclame, paraît-il, non seulement Fiume, mais Trieste et Gorizia. Stupeur. Fureur. Sursaut. Douleur.

À ce moment, voilà que la France débarque à Fiume. La France débarquait à Fiume parce qu'elle avait à ravitailler l'armée d'Orient. Si nos soldats du Danube avaient attendu par Salonique et la ligne unique du Vardar leurs boîtes de conserve, nous ne les aurions pas revus gras. L'Italie se monte ! Par les soins de nos confrères et amis, la France, dans la presse, « prend quelque chose ». Le buccin de d'Annunzio n'était qu'un chant fluet de la partition. Si nous rappelons ce concert, c'est pour dire mieux aujourd'hui de quel cœur l'opinion publique italienne, enfin renseignée, nous fait retour. Ce n'était qu'une scène de famille. Partout nous entendons : « C'est fini. Nous savons que la France nous rend de grands services. »

Pourquoi l'Italie, subitement unanimement, a-t-elle voulu Fiume ? Les raisons ont été données. Répétons-les :

1. Raison militaire : l'Italie n'a pas fait la guerre pour retrouver seulement ses frontières alpines, mais ses frontières maritimes.

2. Raisons historiques : Istrie et Dalmatie ont dès la première heure appartenu à la République de Venise. Venise avait compris que la possession de ces provinces était essentielle à sa sécurité. Ce n'est qu'à sa chute qu'elles revinrent à l'Autriche. Plus tard, Napoléon les rattacha au royaume d'Italie. Ce n'est que le congrès de Vienne qui les lui arracha.

3. Raison économique : si Trieste et Fiume sont de nationalité différente, ce sera la mort de l'une ou de l'autre et la source d'une concurrence pleine d'embûches.

Est-ce tout ? Ces raisons sont-elles les véritables déterminantes du nouveau et fougueux désir italien ? Non. Nous avons vu, c'est déjà dit, plus de vingt personnages. Tous, comme nous les poussions, nous ont fait cet aveu : « Ah ! vous voulez connaître la vraie raison ? Vous voulez savoir d'où est née la question de Fiume ? »

Et voici ce qu'ils nous ont déclaré : « Les Yougoslaves, dès leurs premiers gestes, se sont montrés déraisonnables. Les incidents, nous ne les comptons plus. Nous avons ouvert les yeux. Nous avons découvert que Croates et Slovènes étaient d'une civilisation moins avancée que la nôtre. Alors nous avons frémi pour nos frères de Fiume. Nous savons parfaitement que l'intérieur du pays est habité par des Slaves ; nous savons aussi que ce sont des Italiens de même sang que nous qui peuplent Fiume. À la pensée que sous les Croates ils seraient plus malheureux que sous les Autrichiens, nous avons dit : Non, ce n'est pas possible, nous n'avons pas fait la guerre pour que ceux-là pleurent encore et nous, nous qui ne sommes pas des impérialistes, nous qui ne voulions pas Fiume, maintenant nous le voulons. Nous le voulons jusqu'à ne pas démobiliser, nous qui voulions démobiliser. Nous le voulons par pitié pour les nôtres. Vous savez maintenant le fond de notre pensée. »

– Vous allez à Rome, me disaient mes camarades, les correspondants italiens à la Conférence de Paris, rencontrés le matin de mon départ, oh ! alors, écrivez toute la vérité.

La vérité est que l'Italie, pour ne pas laisser sous la domination croate un noyau des siens, est prête à faire des concessions à la Yougoslavie. Elle est prête à payer, d'un prix à discuter, la libération de Fiume. Si elle n'y parvient pas, ce sera plus qu'une blessure, ce sera une plaie. Elle n'en prendra jamais son parti. D'autres diront si la Serbie en prendra le sien.

Le Petit Journal, 29 mars 1919

Comment s'est fait le coup de main de Budapest

Fiume, mars 1919

Voilà qu'à Fiume tout a changé d'aspect. Où sont les motifs qui m'ont fait entreprendre la traversée ? Où est la question italo-yougoslave ? Où sont les frictions franco-italiennes ? Ce n'est plus cela qui occupe.

Fiume était le port de la Hongrie, vivait par la Hongrie, connaissait son cœur, sa pensée. C'était entre elle et lui un échange continuel de marchandises, d'idées, de sensations. On y lisait les mêmes journaux.

Voyez l'écho produit par le tour de main de Karolyi !

Cet écho est sombre, presque tragique. Et je traduis les impressions des Italiens de Fiume, payés pour connaître le pays. « C'est très grave, disent-ils, c'est ce qui s'est passé de plus grave depuis l'armistice. La Hongrie sait ce qu'elle fait. Nous donnons peu de temps pour que la Croatie s'adresse à son tour à Lénine. À Fiume, depuis ce matin, les Hongrois relèvent la tête. » J'ai enquêté. C'est vrai.

On connaît, à Fiume, dans ses détails, la comédie de Karolyi. Contons-la. Les frontières ne sont pas encore fermées ; à chaque train, arrivent des gens de Budapest.

Karolyi, antiallemand, croyait, après l'armistice, qu'il n'aurait qu'à paraître pour entrer en confiance avec l'Entente. Il espérait ainsi sauver bien des frontières. La Hongrie républicaine, libérée de l'Autriche, au même titre que les Tchécoslovaques, serait de la Société des Nations. Son rêve ne prenant pas corps, il se démène, envoie des parlementaires de tous côtés, surtout en Suisse. Un mouvement révolutionnaire se dessine ; croyant son prestige et ses moyens meilleurs, il le mate, il arrête les meneurs. Il ne faut rien gâter. De Russie arrivaient sans arrêt des citoyens, hommes de l'église de Lénine, chargés d'or par lui. Karolyi, suivant toujours sa voie, les mettait sous clefs. Ainsi, Bela Kun, juif hongrois et maître aujourd'hui, fut-il coffré.

Mais le plan de Karolyi échouait. Les territoires accordés par la Conférence de Paris aux Roumains et aux Tchécoslovaques entamaient trop son pays. Il ne comptait donc pas ? Il s'en rendit compte et, changeant secrètement de tactique, attendit l'heure. « Je n'ai pu adoucir l'Entente, se dit-il, je vais la terroriser. » Et des ambassadeurs secrets, cette fois, partirent pour Moscou. L'heure arriva. Ce fut celle où le colonel français Vix fit connaître à Budapest la zone neutre entre la Roumanie et la Hongrie.

Karolyi réunit son conseil et, sous le prétexte de ne pouvoir accepter ces conditions, déroula sa machination : il était démissionnaire ! Alors, maintenant, à qui le pouvoir ? Karolyi fit appeler le procureur général d'État, Vary, et lui dit : « Je vous donne l'ordre d'aller vous-même dans les prisons et de délivrer tous les communistes enfermés par moi, dont Bela Kun et Szamnely. Le peuple fera le reste. » Des automobiles, à la porte des geôles, attendent messieurs les révolutionnaires. Ils y montent. La foule, prévenue par ces rumeurs qu'une matinée bien employée suffit à répandre, est dans les rues. Bela Kun, debout dans sa limousine, paraît. Elle l'acclame. Elle acclame tout le cortège de Bela Kun. Et Bela Kun, triomphant, entre à l'Hôtel de Ville.

Que va-t-il faire ? C'est fait d'avance. Il va trouver, sous sa main, les socialistes, arrivés à l'heure, avec, en tête, leur chef : Preisz. La réunion ne dure pas un quart d'heure : on est d'accord. La constitution des soviets est décidée. On s'y emploie. Il est midi. Karolyi, dans sa maison, en compagnie d'amis, se fait servir un repas d'honneur.

Bela Kun envoie par sans-fil son message au frère Lénine. Et dans l'après-midi sont décrétés : la socialisation des théâtres, maisons de banque, compagnies, des terres (les paysans du comte Somsich donnent l'exemple et se partagent la sienne), l'abolition des fortunes privées, de l'alcool et, par-dessus le marché, l'état de siège et la mobilisation de dix-huit à quarante-deux ans.

Vous croyez peut-être que, dès ce moment, la terreur règne à Budapest ? C'est la joie, c'est l'enthousiasme. Les journaux, tous les journaux, saluent le mouvement patriote des révolutionnaires, ce « bolchevisme tempéré », cette « nouvelle forme du nationalisme hongrois ».

Et la comédie finie, le drame débute. On invite les détachements français à déposer les armes. Combien étaient-ils ? C'était la souricière. On tire sur le monitor anglais du Danube. Des émissaires partent en Croatie, dans cette Croatie qui n'est pas tout à fait d'accord avec les Serbes, et la Croatie commence à bouger. Les socialistes d'Autriche, par l'intermédiaire des journaux de Vienne, envoient leur salut ému « à leurs frères de Budapest et déplorent de ne pas être en état de leur porter secours ». Ça viendra. Les Tchécoslovaques retirent leurs troupes de Kassa et Porsony, frontières hongroises. À Szatmar et à Debreczen, sous le commandement des Szekely, Hongrois de Transylvanie, soixante mille hommes se mettent en marche contre la Roumanie.

Les deux Hongrois, arrivés tout à l'heure de Budapest, et répétant l'espoir de là-bas, disaient en plein restaurant : « Si le nouveau procédé hongrois réussit vite, le mouvement se propagera à l'Allemagne. Que pourra alors l'Entente ? »

Le Petit Journal, 4 avril 1919

Où Bela Kun fait un effort pour ne pas rompre avec l'Entente

Belgrade, 3 avril 1919

Coups de théâtre sur coups de théâtre, c'est que nous sommes sur la scène de l'Orient. Après le coup Karolyi, le coup Bela Kun. Nous voulons dire son repentir. L'univers a reçu son radio. Vous le connaissez, mais vous ignorez la pièce qui amena ce dénouement. Nous allons vous la conter.

Vous pensez que les choses n'arrivent pas toutes seules. Il y a des personnages, des actes, des entractes. Un gouvernement qui démissionne pour ne pas se plier et qui remet le pouvoir à des anarchistes afin que la résistance soit plus violente, et ces anarchistes qui, au lieu d'accélérer la rupture, tendent la main au bout de dix jours, cette mixture-là dénonce la présence d'un cuisinier.

L'armée française d'Orient occupe dans le Banat, entre Roumains et Serbes, un territoire contesté, territoire grand comme trois départements français. À l'armée d'Orient, il ne suffit pas d'être guerrier, il faut être diplomate. Ainsi est-on. La coutume, où que nous soyons, est de ne molester personne. Justice et amabilité sont nos moyens. Dans ce Banat, où nous campons, demeurait toujours l'ancien haut-commissaire hongrois : Roth. Ce monsieur Roth, notre ennemi, devant notre façon courtoise, n'était pas sans se déclarer touché. Il avait aimé être traité de la sorte. Il nous montrait de la reconnaissance.

Karolyi fait son coup. Coup de folie et de duperie. Le chambardement éclate. Roth, subitement, part pour Budapest, voit Bela Kun. Nous n'avons pas de sténographie de cet entretien, mais le résultat en éclaire le sens. D'abord, qu'est Roth ? Un bolchevique ? Il s'en défend. Il se place, pour l'instant, sous l'étiquette d'ami de l'ordre. Bref, Roth, après avoir vu Bela Kun, se présente un soir, en un lieu appelé Arad, à nos postes. Il les prie de demander au général français de Lobit qui, de Belgrade, commande l'armée de Hongrie, une entrevue.

Son désir est transmis.

À Belgrade, à notre état-major, on se tâte.

– Je le recevrai, décide le général de Lobit, mais s'il me donne l'assurance qu'il n'est chargé d'aucune mission officielle.

– J'en donne l'assurance, fait répondre Roth.

Et il arrive.

On l'introduit. Le voilà devant le général français et ses collaborateurs. Il fait de suite une déclaration. Évidemment, c'était au nom du gouvernement de Bela Kun qu'il parlait. Les formules mêmes qu'il employait sentaient leur rédaction arrêtée d'avance. Mais du moment qu'il était là en simple « amateur », nos représentants avaient le champ libre.

Qu'était venu dire Roth ? La logique nous aide à le supposer. Il avait probablement pris la parole ainsi : « Le nouveau gouvernement s'aperçoit que Karolyi, à la faveur du tourbillon d'événements que déclencha son coup, avait maquillé le prétexte qui fut son point de départ. Ayant examiné les pièces en toute sincérité, il voit qu'il a été lui-même entraîné, par cette fausse déclaration, dans une attitude contre l'Entente qu'il regrette. Il est prêt à reconnaître l'erreur de son prédécesseur et la sienne. Il fera des excuses pour le passé, donnera des garanties pour l'avenir. Il demande en somme à ne pas rompre avec l'Entente. »

Et comme le général de Lobit lui mettait sous les yeux la note que, le 19 mars, le colonel Vix avait présentée à Karolyi :

– Mais non ! s'écrie Roth, ce n'était pas un ultimatum, on nous a trompés !

Là-dessus, il remonte en auto. Il quitte Belgrade pour Budapest. C'était le 30 mars.

Roth arrive et saute chez Bela Kun. Ce n'est certainement pas pour s'entretenir du pavage de la rue qu'ils s'enferment. Ils se mettent par contre à répéter un refrain qui a pour paroles : « Karolyi a trompé la Hongrie. » Chantent-ils juste, chantent-ils faux ? L'important est qu'ils chantent. Et Bela Kun expédie son radio.

Donc, la situation est retournée. Nos craintes, celles de nos alliés balkaniques, si vives, s'apaisent. Le nouveau gouvernement hongrois admet le principe de la non-intégrité du territoire et se déclare prêt à traiter sur n'importe quelle autre base. Cela nous remet au 20 mars. La rupture est rompue. Tout ça, d'ici, c'est-à-dire de la porte, a l'air de parfaitement s'arranger. Nos chefs militaires, qui sont dans l'ambiance, ont confiance. Du doigté, de la poigne, beaucoup de poigne, des *renforts* – profitons de la leçon – et nous musellerons l'enfant de Lénine. La muselière est prête. On attend l'ordre de la passer.

Le Petit Journal, 11 avril 1919

Ce que réclament Italiens et Serbo-Croates

Fiume, avril 1919

« O Italia ? morte ! » Ou l'Italie ou la mort ! voit-on en légers papillons, sur les murs, quand on débarque à Fiume. Nous disons quand on débarque car, pour ce qui est de notre cas, ce fut tangent. Nous avons failli rester sur le cargo.

Enseveli à Rome sous des brochures, nous les avions emportées avec nous, dans notre valise. Nous arrivons à Fiume. « Ouvrez vos valises », prononcent des carabiniers. Nous ouvrons. Nous avions fait là un beau coup ! Sur nos vêtements, bien en vue, s'étalaient toutes ces fleurs de propagande. Propagande italienne bien entendu, mais des carabiniers n'entrent pas dans le fond des sujets. Quel était cet oiseau qui trimbalait des imprimés qui s'appelaient « De Trieste à Valona », *« Spalato et il suo martirio »*, « La Paix durable dans les Balkans » ? Ah ! innocent docteur Tourtoulis qui écrivîtes ce cahier, vous ne pensiez pas m'imposer la question. « Les Revendications de l'Albanie » grave, très grave, les Revendications de l'Albanie.

– Enfin ! quelle est votre nationalité ?

– Français.
– Pourquoi avez-vous ces livres ?
– Je suis studieux.
– Pourquoi avez-vous celui-là sur l'Adriatique ?
– J'aime la mer.

Ceci n'était rien. J'avais deux cas de pendaison dans ma valise. Comme on est imprudent !

– Quelle est cette carte ?
– L'Albanie.

Malheur ! j'avais marqué au crayon certaines zones regardant Grecs et Serbes et, trahison ! j'avais coché d'un trait bleu Valona ! Ah ce trait bleu ! J'ai bien cru qu'il serait mon dernier.

– Et ça ?

Cette fois, je remercie d'avance Dieu d'en avoir réchappé.

– Qu'est-ce que cela ?

Cela était la collection d'un journal albanais : *Kuvêndi*.

Sotir-Gjika, fougueux patriote, qui le publie à Rome, m'avait fait don des quinze premiers numéros, reliés de sa main. Ah ! Sotir-Gjika, mon ami, que m'aviez-vous fait là ?

C'était nuit quand je fus à terre. Et reporté du coup à trois années devant, je me crus débarquant à Salonique et cherchant ma chambre. L'*Edgar-Quinet*, flanqué de deux croiseurs italiens, montait la garde sur l'eau. À quai, des contre-torpilleurs des deux pays. Des soldats français, mélancoliques, traînaient dans les rues. Le policeman anglais étalait sur le trottoir ses brodequins qui n'ont pas cessé d'être bien cirés. Le carabinier, digne, se promenait. Parfois, ils étaient tous trois ensemble. C'était la ronde interalliée.

Fiume attend son sort. Sera-t-elle italienne ou du royaume des Slaves du Sud ? Italiens et Slaves sont acharnés à sa possession. Les premiers par raison sentimentale, les seconds par raison économique. Ne consultons pas les statistiques. Celles des Italiens détruisent celles des Slaves et celles des Slaves, celles des Italiens. Croates et Italiens font d'ailleurs souvent partie de la même famille. On a fait jusqu'au plébiscite des morts. Les Italiens ont relevé les noms de toutes les tombes des cimetières de Fiume. Et les morts se dressent en leur faveur.

La thèse des Italiens de Fiume est celle-ci : « Fiume, de tout temps, a conservé son caractère intact de commune italique. Fiume par la Hongrie même était considérée comme un État à part. Elle a toujours eu la possession intégrale de son statut et sa grande charte. Cette charte constitutionnelle lui garantissait l'indépendance. La Hongrie ne pouvait promulguer aucune loi à Fiume sans le consentement de la ville. C'est dans les racines de Rome que nous avons puisé notre sentiment d'italianité. Notre droit s'appuie sur la loi romaine. Fiume est un État. Fiume peut exister par soi-même. Fiume peut seule décider de son sort. Dans les siècles de son histoire, comtes, barons, grands-ducs, archevêques, patriarches, rois, empereurs, la République de Saint-Marc, Napoléon, parlements, gouvernements, autorités, tous ont respecté et reconnu le droit souverain de

Fiume : c'est pour cela que Fiume, faisant appel à ce droit, le 30 octobre 1918, a proclamé son union à l'Italie. »

Ainsi m'ont parlé les Italiens de Fiume, dont le maire.

Et les Serbo-Croates m'ont parlé ainsi : « Nous avons besoin d'un port, sans quoi notre État est voué à la mort. Les Italiens prétendent que nous en avons d'autres. Ce n'est pas la vérité. À Raguse les gros bateaux peuvent à peine tourner. À Spalatto, à Zara, même inconvénient. Fiume est non seulement le seul port organisé, avec docks, quais, rails, c'est aussi le seul relié convenablement à notre pays par voie ferrée. Les Italiens disent qu'ils sont en majorité à Fiume. Dans la ville même, c'est possible, mais sorti des murs, à un mètre, il n'y a plus un Italien. »

Les Italiens répondent : « Les nécessités du trafic n'exigent pas la possession politique d'une ville. C'est notre intérêt de favoriser le commerce des Croates et des Hongrois. Comment vivrions-nous sans cela ? »

De toute façon, la solution presse. De jour en jour la ville se tend, dans l'attente. Le commerce a hâte de reprendre sa course et l'habitant une vie possible. Le général Grazioli, Italien, commandant les forces, souhaite une fin. Nous le comprenons. Que la Conférence l'entende.

Le Petit Journal, 19 avril 1919

Suis-je ou ne suis-je pas bolcheviste ?

Trieste, avril 1919

J'aime les records, heureusement ! Sans cela, celui que je viens d'établir, armant à la fin mon bras, eût peut-être fait de ma pacifique personne un meurtrier. Celui que je viens d'établir est triple : record de temps, de formes et de carabiniers, je veux dire que je n'avais jamais été autant palpé par des carabiniers. Bref, j'ai mis quarante-trois heures pour accomplir soixante-dix kilomètres en ligne droite, pour aller de Fiume à Trieste ; c'est ce qui s'appelle passer la ligne d'armistice.

Ce n'est pas toujours triste, vous allez le voir. On vous a tout raconté pendant la guerre, comment on allait au front, ce que c'était que les tranchées, on ne peut pas moins faire aujourd'hui, il convient que vous connaissiez ce qu'est une ligne d'armistice.

Ce n'est rien et c'est infranchissable. Si on avait inventé ça pendant la bataille, sûr que l'ennemi n'aurait pas fait un pas en avant. Mais ce sont là des choses qu'on ne trouve pas du premier coup.

Étais-je ou n'étais-je pas bolcheviste ? Voilà la question. Et j'avais un passeport particulier du ministère de la Marine à Rome, et j'étais en relation de haute courtoisie avec le général italien commandant à Fiume, et les officiers interalliés qui timbraient les permissions étaient mes plus chers amis, et j'avais des cachets sur mes pièces, des ronds, des carrés, des pointus, des français, des anglais, j'en avais, j'en avais.

Étais-je ou n'étais-je pas bolcheviste ?

Comme il fallait prendre le train, je m'amène à la gare, à Fiume. Mes pièces depuis une heure ne valaient plus rien. Retournons 1, via Sanita. Vous ne connaissez pas le 1 de la via Sanita ? Je le connais, c'est là que j'avais tous mes amis timbreurs.

– Mes amis, dis-je, mes pièces ne valent plus rien.

– C'est vrai, depuis midi elles ne valent plus rien.

– Faites-m'en de solides, cette fois ; ne regardez pas à la qualité, je suis pressé.

Ils me font ce qu'ils avaient de mieux et me voilà parti. Cinq heures du soir, gare de Fiume. La qualité y était, mais non la quantité. Il y manquait un cachet. Pour la deuxième fois, je rate le train. Je retourne 1, via Sanita.

– Mes amis, il en manque un.

– Quoi ?

– Un cachet.

– Lequel ?

– Je ne sais pas.

Eux non plus ne savaient pas.

– Alors, dis-je, puisque vous ne savez pas, mettez-moi tout ce que vous avez, mettez-m'en bien.

Ils ne ménagent rien. Je pars. Plutôt, je suis dans le train. Dans le train passe la ronde.

Étais-je ou n'étais-je pas bolcheviste ?

Pour les soldats français, pour trois officiers italiens je n'étais pas bolcheviste. Pour un quatrième, c'était douteux.

– D'abord d'où venez-vous ?

– De Belgrade.

Ah ! là ! là ! d'où venais-je, en effet ! Ah ! Seigneur, quand je pris cette décision, que ne m'as-tu fait, au même instant, tomber une tuile sur le crâne !

Enfin, mon admirable sang-froid est récompensé. Je pars... mais suspect.

Qui a dit que partir c'est mourir un peu ? C'est revivre, au contraire. Je vivais ! Je vivais ! Ma vie ne fut pas longue : huit kilomètres. Nous arrivons à Abazzia. Abazzia était « la Nice autrichienne », ville des grâces et des plaisirs légers, de rires et de fêtes, de carnavals et d'amour ! Je descends. Plutôt, on me fait descendre. On nous fait descendre. Et maintenant, au laminoir !

Homme échaudé, j'avais épuré mes bagages des mille brochures de propagande sous quoi on vous enterre au passage. *Les Problèmes de l'Adriatique, La Yougoslavie, L'Italianité de Fiume*, etc., j'avais laissé tout ça à ma propriétaire.

– Que dois-je faire de tous ces beaux livres ? m'avait dit la sainte femme.

– Conservez-les pour donner à votre fils quand il aura vingt ans.

Ainsi on ne trouva rien dans l'intérieur de mes chemises, rien entre les semelles de mes chaussures, aucune inscription sur mes manchettes qui, par bonheur, n'étaient pas transparentes. Je ne savais pas qu'il y eût des manchettes transparentes.

À côté de moi, des mères de famille pleuraient. Elles imploraient : *« Signor carabiniere ! »* Elles étaient là, macérant depuis quarante-huit heures.

Elles suppliaient qu'on les laissât rejoindre leur village, leurs *bambini* les attendaient. J'intervins.

– Voyons mesdames, leur dis-je, parlons bien. Avez-vous une lettre de recommandation du ministère de la Marine ?

– Non.

– Connaissez-vous le général commandant ?

– Non.

– Êtes-vous amies des officiers timbreurs ?

– Non.

– Êtes-vous journalistes ?

– Non.

– Êtes-vous bolchevistes ? N'ayez pas peur, répondez.

– Quoi monsieur ?

– Bolchevistes ?

– Je ne sais pas.

– Et vous, madame ?

– Moi non plus.

– Aimez-vous les Yougoslaves ?

– Je ne sais pas.

– Bon, alors votre affaire ne va pas trop mal, vous en avez pour dix jours.

– Mais nous allons à Sapiane, à dix kilomètres.

– C'est bien cela.

Qu'aperçois-je sur le mur ? « Toute personne porteuse de couronnes timbrées aura ses couronnes confisquées et sera déférée à la justice. » J'en avais certainement de ces couronnes dans ma poche. Je les avais même payées le même prix que les autres. Vous savez qu'il y a deux sortes de couronnes, celles timbrées – que de timbres dans ce pays – par les Yougoslaves, pestiférées pour l'Italie, et les couronnes vierges. Me voilà maintenant dans les pattes de la justice ! Mais je suis leste. Je fais un saut, hors de vue des gendarmes, fouille mon portefeuille, y trouve soixante-dix-huit couronnes timbrées, les déchire et en jette les débris au vent comme si c'était un bout de cigarette. Ils n'ont rien vu. Il ne faisait pas d'ailleurs tout à fait jour. Il était six heures du matin, j'étais sauvé.

– Votre portefeuille ?

– Voilà.

Non ! Il m'en restait deux ! Une grande idée me vint. J'eus le geste. Je prends ces deux couronnes et devant eux, souriant, les mets en pièces.

Un homme se privant aussi allègrement de deux couronnes ne pouvait être qu'un gentilhomme. Je suis libre.

Pas encore ! Il y a Trieste. Trieste que je saluai comme Moïse la Terre promise. En arrivant, on me met dans un coin. Quatre carabiniers, longuement, perspicacement, le front dans leur main, me sondent.

Suis-je ou ne suis-je pas bolcheviste ?

Je ne suis pas bolcheviste ! Mes bagages non plus ne sont pas bolchevistes ! Gens de mon pays, vous pouvez me recevoir dans vos maisons, je ne socialiserai rien, on m'a laissé passer !

Le Petit Journal, 21 avril 1919

Manifestations enflammées dans Rome

Rome, 25 avril 1919

Hier après-midi seulement, à trois heures, Rome apprit par les journaux l'événement de la Conférence. Ce fut d'abord un coup de massue, suivi d'un coup de foudre.

Les Romains lisaient tous, comme plongés en eux-mêmes, les éditions spéciales, puis se rassemblaient et parlaient bas. Une heure après, des jeunes gens parcouraient les rues, distribuant des papillons disant : « L'Italie abandonnée par Paris. Tous, ce soir, place Colonna pour proclamer l'indestructible volonté du peuple italien. » Puis, subitement, comme si cette foule avait attendu de réfléchir pour s'exprimer, ce fut une explosion d'indignation générale. La même explosion se répéta dans les couloirs de la Chambre, dans les cafés, dans les cercles, sur le champ de courses où se disputait le Prix de Diane, dans les trams.

Tous les citoyens de Rome, d'un même instinct et en même temps, marquaient d'une émotion profonde ce grave moment de leur histoire.

À six heures et demie, place Colonna, le peuple est confondu avec la bourgeoisie, les officiers et les dames. Des orateurs se hissent et parlent. Ils disent maintenant que l'Italie est plus forte parce qu'elle est seule. Ils disent encore : « Montrons que nous n'avons besoin des secours de personne ». Ils évoquent Fiume, la Dalmatie et, à ces mots, le peuple étend la main, prêtant serment.

Ils sont groupés autour de drapeaux des pays irrédents et de pancartes portant : « Vive Sonnino ! Vive Orlando ! Jusqu'au bout ! » et autres inscriptions que je ne puis télégraphier.

La manifestation part à travers la ville, se grossissant au fur et à mesure ; la nuit vient : imposante, résolue, enflammé, elle circule toujours.

Le vice-président du Conseil a été reçu deux fois hier par le roi. Les députés présents à Rome se sont réunis par groupes. Les sénateurs se convoquent. D'Annunzio, porte-parole de la nouvelle Italie, quitte Venise et arrive à Rome ce matin. Les élus socialistes se tiennent les coudes et attendent. L'ancienne majorité, composée de giolittiens, vient déclarer sa solidarité avec le gouvernement.

Toutes les villes d'Italie sont debout.

Le Petit Journal, 26 avril 1919

Ovations et manifestations continuent à Rome

Rome, 26 avril 1919

Donc, ce matin, jour férié non religieux mais national, à toutes les maisons les drapeaux italiens sont ressortis. La Chambre, le Sénat, l'Armée, la Magistrature de province, la Municipalité, les Associations populaires, politiques, corporatives, patriotiques et scolaires, suivant leur bannière, par les grandes voies de la capitale montent vers la gare. Le soleil, qui avait disparu depuis plusieurs jours, est là. Les portes des édifices publics, des banques, des compagnies, des magasins, sont scellées par des papillons où on lit : Vive Fiume ! Vive la Dalmatie italienne ! Des troupes à cheval et à pied et des carabiniers bordent le trottoir. Les fenêtres, les balcons, les toits sont envahis par la foule. Les toits sont occupés par les élèves des écoles. La circulation des trams est interrompue. Tous les murs, par des affiches fraîches, parlent aux passants. « Romains, disent-ils, nos plénipotentiaires et notre généralissime venant de Paris arrivent ce matin, à dix heures cinquante. Tous à la gare ! »

Les avions tournent dans le ciel bleu, semant à mille mètres des brassées d'imprimés retombant sur les épaules des citadins. Sur le quai de la gare, parmi des centaines de parlementaires, sont les représentants diplomatiques de la France et de l'Angleterre. À onze heures cinq, le train stoppe. C'est la ruée. Orlando paraît, c'est du délire ! Il descend, il est porté, on va l'étouffer. Dans cette situation, il traverse la salle royale, gagne le dehors, monte dans une auto. Alors la foule des trottoirs, des fenêtres, des balcons, des toits, des arbres, le voit. Si les cris avaient une force physique, ceux qui le frappent aussitôt l'auraient déjà renversé. Orlando, debout, a les yeux pleins de larmes. Il est des instants où les hommes d'État doivent parler.

– Citoyens, peuple de Rome, dit-il, j'avais besoin

de l'affirmation de Rome. Je l'ai. Je vois que je connaissais l'âme de mon peuple. (Oui ! oui !) À Paris, les ouvriers italiens ont interrompu le travail pour venir, comme vous, me soutenir. (La foule crie.) Pour m'encourager, à mon passage, une femme a fait dix kilomètres à pied. À Turin, Alexandrie, Gênes, Pise, Civita-Vecchia, le peuple était sur ma route. (La foule crie.)

M. Orlando a la voix brisée par les sanglots. Il reprend :

– J'ai deux questions à vous poser : Avons-nous agi selon la volonté nationale ? (Oui ! Oui !) À la deuxième, je ne vous demande pas de répondre de suite. Rendons-nous compte de la valeur de nos actes. Demain, les plus grands sacrifices nous attendent. Peut-être nous pouvons nous trouver complètement isolés. Sommes-nous prêts ? L'Italie supportera-t-elle tout, la faim plutôt que le déshonneur ?

Ministres, sénateurs, députés pleurent.

– J'ai foi, finit Orlando.

Rome pousse un long cri interminable. Le généralissime Diaz se lève dans son auto. Il dit : « L'armée est devant moi avec son plus bel emblème, celui des mutilés. L'armée fera son devoir. »

Le syndic de Rome se précipite dans l'auto et embrasse M. Orlando.

L'auto démarre. Le peuple s'y accroche. Orlando va chez le roi.

Le Petit Journal, 28 avril 1919

Tous les Italiens appuient monsieur Orlando

Rome, 28 avril 1919

À voir certaines dépêches qui arrivent de Paris et Londres, on serait prêt à s'imaginer que ces capitales sont peu renseignées sur ce qui se passe à cette heure en Italie. Nous voulons croire que ni la France ni l'Angleterre n'attendent les nouvelles de Rome pour se rendre à l'évidence. L'Italie, depuis le conflit, ne forme plus qu'un seul bloc sur quoi le raisonnement a cessé de mordre. Chercher à l'entamer par des appels à la sagesse, à la conciliation, à l'intérêt est désormais inutile. Et elle est prête à s'isoler, à se battre, à mourir de faim. Monsieur Wilson, par l'application de son manifeste, l'a cuirassée.

Ce n'est pas un partisan, c'est un spectateur qui vous envoie cette dépêche. Nous ne vous traduisons pas uniquement l'impression de la rue depuis quatre jours ; nous n'avons pas passé notre temps sur les places publiques ; nous avons vu les chefs de la politique et des affaires ; nous nous sommes promené dans les couloirs de Montecitorio, parlant à ceux de droite, à ceux du centre et à ceux de gauche. Les personnages qui, voilà une semaine, souhaitaient la paix pour la renaissance du pays, aujourd'hui ne veulent plus rien entendre que réparation.

Même la foule qui avait été chercher monsieur Orlando à la gare est allée hier au-devant de monsieur Sonnino. Les colonnes suffisent à peine dans les journaux pour décrire ces réceptions et le reste des quatre pages est consacré à l'affaire. Il n'y a plus place ici, ni dans la presse, ni dans la conversation, pour autre chose que l'incident. Le moindre commentaire d'un de nos quotidiens, s'il n'est pas dévot, a un écho étourdissant. La situation ainsi créée, quel que soit le remède qu'on lui apporte, laissera de graves traces. La promptitude d'esprit des Italiens a déjà chargé de lourds péchés des épaules probablement innocentes. Ces épaules, quoi qu'il arrive, longtemps porteront ce poids.

Demain, la Chambre tiendra sa séance historique, ce sera pour se jeter dans les bras de ses plénipotentiaires. Monsieur Orlando n'avait pas de parti bien déterminé au Parlement, soyez certains que pour l'approuver il en trouvera un, l'unanimité.

Le Petit Journal, 29 avril 1919

La tempête souffle en Italie

Rome, 27 avril 1919

Il faut voir l'Italie en ces heures. C'est la louve qui défend ses petits. Il n'y a pas que Rome. De la Calabre, rapide, un souffle a passé, embrasant le pays jusqu'à Turin et Venise.

En Italie, en mai 1915, au moment de sa déclaration de guerre, il n'y eut pas, comme en France, en 1914, d'union sacrée. L'Italie n'était pas attaquée. Elle ouvrait de sa propre initiative les hostilités. Elle entrait en armes, laissant sur leur position tous les partis politiques. Ce fut la plus lointaine cause de Caporetto. Aujourd'hui, la face est changée. L'Italie se sent ou se croit attaquée. Le même frisson, à la même heure, à la même seconde. Tous, francs-maçons, catholiques, protestants, socialistes, giolittiens, femmes, veuves, mutilés, démobilisés, et les corporations ont collé de grandes affiches sur les murs pour dire : « Nous sommes là ! » De d'Annunzio, qui assure ses bombes à son appareil, aux conscrits, personne ne fait défaut.

L'épreuve victorieuse de la première guerre que cette nation livra en commun a soudé l'unité. D'année en année, depuis quatre ans, on voit grandir, se dresser, puis s'affirmer la conscience de cet État. Pour être la dernière venue en Europe dans les rangs des grandes puissances, l'Italie est susceptible. Au moindre nuage, elle s'imagine, à tort, qu'on essaye de lui contester son rôle et sa mission. Elle a cru voir dans l'incident historique survenu à Paris, en outre du tort qui lui était fait, une atteinte à sa dignité. Autant que sous la méconnaissance de ses intérêts, c'est sous l'outrage qu'elle a bondi. « Outrage » est le mot qui revient dans tous les manifestes couvrant les murs de Rome ; c'est ce qui l'a mise en cet état de révolte, ne cherchons pas à atténuer, où nous la voyons aujourd'hui.

Les journaux italiens publient des dépêches de Paris disant qu'on attend la séance de la Chambre. C'est tout attendu. Quand, mardi, messieurs Orlando et Sonnino paraîtront, une formidable et unanime clameur d'approbation les accueillera. Si la

Chambre et le Sénat, pour cette manifestation, ne seront pas réunis en une même salle, c'est uniquement par suite de difficultés protocolaires et matérielles.

L'initiative de M. Wilson a produit l'effet du ciment armé. Aujourd'hui, elle unit, soutient et élève l'Italie à la face du monde. Il serait à souhaiter qu'au sujet de cette rupture plus de clarté fût donnée par nos soins au peuple d'ici. Faute de précisions, l'imagination va vite. Les plénipotentiaires italiens ont déclaré qu'ils venaient s'en remettre au peuple.

Nous ignorons ce qu'ils décideront, mais depuis quatre jours, plus décisif d'heure en heure, nous entendons le cri du peuple. Le peuple dit : « Pas de transaction ! » Tous les regards sont maintenant sur Rome.

Le Petit Journal, 29 avril 1919

Le gouvernement italien et l'opinion

Rome, 2 mai 1919

Les délégués allemands sont en France, les délégués italiens n'y sont plus. Que se passe-t-il en Italie ? Un laborieux travail diplomatique a lieu en ce moment entre la Conférence et Rome. On le comprend aisément : si l'Italie n'était pas avec nous pour signer la paix, ce serait un désastre. Pour ne parler que de ses relations avec la France, ce serait une rupture de plus de cinquante années.

D'anciens incidents entre les deux pays, pour être de gravité moindre, ont laissé ici des traces durables, à tel point que les efforts que nous avons dû fournir depuis plus de dix ans pour les atténuer n'ont pas encore complètement abouti.

Que fait le gouvernement italien ? Nous devons une fois de plus signaler sa situation : il est forcé de tenir compte de l'opinion publique. Il est pris entre son esprit de sagesse et son peuple. De même que la foule portait l'auto d'Orlando à son arrivée, elle la retiendrait avec autant de vigueur si Orlando, sans avoir obtenu satisfaction, entendait reprendre la route de Modane. Entre les plénipotentiaires italiens quels qu'ils soient et la Conférence surgira toujours désormais la volonté exaspérée d'un pays qu'imprudemment on a déchaîné.

Ce n'est pas sans un effort méritoire que le gouvernement italien a réussi à calmer la rue. Les conférences de d'Annunzio ont été ajournées, des manifestations nouvelles amicalement déconseillées. Les responsables ont fait preuve de sang-froid. Ce n'a pas été le plus facile de leur tâche. Ils continuent dans ce sens, ils décident au milieu d'une Italie prête à tout.

Leur faciliter le travail est une œuvre urgente.

Le Petit Journal, 3 mai 1919

MM. Orlando et Sonnino ont pris le train

Rome, 5 mai 1919

Messieurs Orlando et Sonnino viennent de partir sans que le peuple de Rome s'en aperçoive.

À sept heures et demie, ils recevaient au palais Braschi la visite des ambassadeurs des États-Unis et de l'Angleterre. C'est dans cet entretien que la décision fut prise.

Des rumeurs optimistes avaient bien circulé dans la journée, mais plusieurs fois elles avaient été démenties. À sept heures et demie, aucun ordre de départ n'avait été fait : ce n'est qu'à sept heures quarante que l'ordre de former le train spécial fut téléphoné à la gare.

La famille de monsieur Orlando ne fut prévenue qu'à huit heures. C'est dans la plus grande hâte que les malles furent bouclées.

La décision avait été si rapide que personne ne fut au courant de la nouvelle ; à la gare, pas un chat. Le train qui attendait sur la première voie était composé de deux voitures-salons, de deux voitures de première et d'une voiture salle à manger, où on entassa, en toute vitesse, la viande crue, le macaroni et les vins nécessaires pour passer trente heures.

À neuf heures dix, à pied, arrivait M. Sonnino. On connaît M. Sonnino : c'est un homme qui ne parle pas et déteste le monde.

Il regarda avec satisfaction le désert qui entourait

son départ ; il en fut si content, que de lui-même il salua les deux journalistes qui, par hasard, évidemment, se dirigeaient vers le quai.

À neuf heures et demie, M. Orlando apparaissait : il avait la mine satisfaite.

Dans le reste du hall, d'innocents passants couraient à leur train, sans prévoir ce qui se produisait sur la voie. Monsieur Orlando échangea quelques mots avec le chef de cabinet de monsieur Sonnino et monta dans le train ; il était neuf heures quarante.

Le sifflet, premier bruit qui signalait l'événement, retentissait quand deux ministres, M. Denevo et M. Paratore, mieux renseignés que leurs autres collègues, débouchèrent en soufflant de la porte principale. Monsieur Paratore, plus agile, eut le temps de sauter sur le marchepied et d'échanger quelques mots avec monsieur Orlando. Monsieur Colosimo, venu pour saluer le président du Conseil, n'arriva que pour voir fuir les premières fumées du train.

Si le départ fut ainsi tenu secret, c'est sans doute à cause de sa précipitation ; c'est probablement aussi pour ne pas déranger la foule le long du passage du train.

Dans les milieux politiques et journalistiques, l'impression est bonne. Si les délégués rejoignent, c'est que les assurances sont satisfaisantes.

Pendant ce temps, les journaux criaient une cinquième édition annonçant un message de messieurs Clemenceau, Lloyd George et Wilson à l'Italie.

Messieurs Orlando et Sonnino arriveront à Paris mercredi à huit heures.

Rome, 6 mai.

À midi seulement, c'est-à-dire quatorze heures plus tard, les journaux annoncent le retour de M. Orlando à Paris.

La nouvelle, ce matin, était toutefois connue de la rue.

Si elle fit sensation, c'est plus par la promptitude de la décision que par la décision elle-même.

Elle a produit, incontestablement, un soulagement. Seuls les nationalistes farouches ne sont pas tranquilles ; ils se demandent si on a bien accordé à l'Italie tout ce qu'elle exige.

Ils ont peur que le gouvernement n'ait pas tenu ferme jusqu'au bout. Après les ambassadeurs des États-Unis et d'Angleterre, M. Orlando reçut lundi, à vingt heures, monsieur Barrière. C'est la dernière visite qui emporta définitivement la décision.

On peut dire que les arguments d'amitié firent plus que toutes les autres conversations officielles. L'impression aux ambassades de France et d'Angleterre est excellente. Excellente aussi dans les couloirs de la Chambre et dans les journaux jusqu'à présent.

Le peuple a hâte de connaître les nouvelles bases de l'accord. Plusieurs versions circulent. Il va attendre désormais impatiemment les dépêches de Paris.

Le Petit Journal, 7 mai 1919

La nouvelle Italie

Rome, mai 1919

On ne peut pas tirer comme ça le rideau sur ce qui vient de se passer en Italie.

L'Italie n'est plus ce qu'elle fut naguère ; elle n'est plus ce que beaucoup croient qu'elle est restée. Pour maints contemporains, ne pas regarder l'aspect d'une chose équivaut à penser que cette chose n'a pas d'aspect.

Il fut d'aimables nerveux nommés futuristes qui criaient que l'Italie étouffait sous son passé, qu'il fallait pour sa résurrection qu'elle arrêtât la mousse de ses vieux murs, sapât les colonnes antiques, comblât son forum. Pas la peine. Les vestiges, bien sages dans leurs coins, attendent les touristes, et le siècle marche. L'Italie n'eut besoin de rien jeter bas pour se reconstruire.

L'Italie est une mère qui, ayant depuis cinquante ans couvé son unité, se précipite à la fin dans la bataille pour la faire éclore. Elle gagne la bataille. Son unité s'épanouit. Elle n'a plus d'yeux que pour son enfant. Nous, la France, nous sommes une vieille mère. Nous ne connaissons plus ce tendre amour, nous ne passons plus nos nuits et jours auprès du berceau de notre grandeur ; une petite maladie qui la menace ne nous chavire plus. Elle en eut tant de maladies ! Mais pour l'Italie ! C'est un sentiment nouveau, une adoration fraîche. Quoi ? On signale une légère fièvre, là-bas, à Fiume ? Mais l'Italie ne boit plus, ne mange plus. Sentez-vous ce qu'il y a de respectable dans ce bouleversement ?

Il faut que l'Europe, pour son instruction, touche la qualité du geste de rupture de l'Italie. L'Italie meurt de faim. C'est, avec la victoire en plus, la même situation matérielle qu'en Autriche. L'Italie savait qu'elle allait se couper toute possibilité d'améliorer son régime. Elle n'a pas hésité. Le peuple n'a pas dit à Orlando : « Eh ! bien, maintenant comment mangerons-nous ? » Au contraire, dès qu'il l'a vu, il lui a crié : « On se serrera le ventre tant qu'il faudra. » L'Italie n'a pas rusé. Elle est entrée sincèrement dans l'état d'exaltation où nous l'avons vue. Tout geste qu'elle se préparait à faire n'était commandé que par sa passion. C'est ainsi que, sans songer aux suites, les grands passionnés tuent. La chronique nous apprend qu'on les acquitte ensuite. Il n'y en a pas moins eu du sang.

L'illustration de cette attitude, vous la trouverez dans ce fait que son homme est un poète. Le poète, généralement, ne chevauche pas le noir intérêt ; c'est sur l'emportement sans calcul qu'il caracole. Et arrivera ce qui arrivera. Or d'Annunzio est le guide. C'est l'apôtre de la nouvelle religion. S'il n'en est pas le martyr, ce n'est pas de sa faute. Je l'ai vu à Trieste, alors que la foule se précipitait sur lui, taillant à coups de ciseaux des reliques dans les pans de sa cape grise. Je l'ai vu à Venise : on murmurait d'admiration sur son passage. Pour cette sorte de croisade, le poète, qui pressent ce qui, chez les hommes, n'est encore qu'en formation, est le plus désigné des prédicateurs.

C'est sur des esprits ainsi imprégnés et tenus chaque jour à cette température par une presse qui n'a pas l'habitude d'écrire avec des demi-mots que tomberont les raisonnements diplomatiques que l'étranger fait sur leur cas. Étonnez-vous, après cela, de l'écho qu'ils rencontrent.

Italia fara da se. L'Italie fera par elle. Phrase d'orgueil de Cavour, que l'Italie vient de reprendre. « Ah ! vous nous cherchez chicane, pensent-ils. Vous ne voulez pas que nos ailes réveillées se déploient de toute leur envergure ! Ah ! nos appétits vous font peur. Ah ! vous voulez bien nous donner quelque chose, mais seulement ce qui ne vous gênera pas ! Vous croyez que nous serons trop heureux d'avoir ce dont vous ne voudrez pas, que notre heure de notre place au soleil n'est pas encore venue. Ça va bien. Tous autour du drapeau. *Italia fara da se.* » Et ils y sont tous. Les socialistes veulent bien être anti-bourgeois, mais n'entendent pas que les bourgeois de leur pays soient moins bien favorisés que les bourgeois voisins.

L'Italie sort de la guerre, matériellement, dans un épouvantable état. Elle a une dette de quatre-vingts milliards. C'était sa fortune. On y vivait pour rien, c'est peut-être maintenant le pays le plus cher. Son change va baissant. Elle avait une marine marchande qui promettait, on lui en a coulé les soixante-cinq pour cent. Elle n'a plus de viande, plus de grains, elle n'a jamais eu de charbon. Les privations, déjà dures, vont devenir plus sévères. Ils n'ont plus que leur victoire. « Fichu pour fichu, dit le peuple, au moins sauvons l'idéal. » Il n'y a pas que d'Annunzio qui soit poète en Italie ! Le gouvernement opère de façon plus raisonnée, évidemment. Mais, quel qu'il soit, il aura désormais moins de liberté d'appréciation. La rue a toujours compté, ici. Elle veille.

« Notre sœur latine. » Oui, l'Italie est notre sœur latine. Mais ce qu'il faut surtout que la France soit, pour la contenter, c'est son amie et son alliée. La « sœur latine » sera par-dessus le marché. France et Italie ont besoin de liens solides, si elles entendent que leur union résiste aux écarts en puissance. Ce présent conflit arrangé, ne croyez pas, d'ailleurs, que tout ira définitivement bien. Reste encore la question de l'Asie mineure...

Le Petit Journal, 11 mai 1919

L'ÉQUIPÉE DE GABRIELE D'ANNUNZIO

D'Annunzio n'avait pas caché ses intentions

Voilà quatre mois, étant à Trieste, je me mis en tête un matin de gravir la ville jusqu'à son sommet. Ainsi arrivai-je place San Giustio. Il n'y avait pas que moi qui arrivais place San Giustio. Par mille et par mille, les Triestins l'envahissaient. Où mon ignorance m'avait-elle conduit ? C'était mieux que ça : le duc d'Aoste allait remettre à Gabriele d'Annunzio, commandant de la Squadra de San Marco, la médaille d'or de la Bravoure.

Pour une occasion, c'était une occasion. Il pleuvait comme au temps du déluge : mais il eût été malin celui qui m'aurait fait quitter ma place. Je m'y cramponnai. J'eus raison.

Le poète apparut. Il monta sur une estrade devant l'église. La foule, les toits, la mer étaient à ses pieds. Et la foule, à sa vue, hurla comme en délire.

Le duc d'Aoste, d'une voix formidable, lut ses exploits et, prenant le ruban bleu, l'accrocha sur la poitrine du héros.

Alors, jugeant la cérémonie finie, je m'approchai de lui :

– Maître, lui dis-je.

– Ah ! fit-il, suivez-moi, nous allons causer.

Mais la foule rompit tout et se précipita sur l'idole. L'idole portait une ample cape vert-de-gris et, à coups de ciseaux, dans cette cape, la foule taillait des reliques. Je ne m'étais jamais vu au centre d'un tel danger.

– Ah ! maître, fis-je, il n'y a vraiment plus moyen. Donnez-moi un autre rendez-vous.

– Demain, à Venise ! cria-t-il.

Et la foule le déporta.

Le lendemain, j'étais à Venise. Et, sur le coup de midi, je frappais à la porte de la Casa Rossa. Sur le Grand Canal, dans sa Casa Rossa, habite d'Annunzio. Le dieu m'avait prié à déjeuner.

Vous vous imaginez, sans doute, d'Annunzio en pleine ebullition ? C'est un homme calme et grave qui me reçut. Il donna une caresse à ses deux chiens-loups qui, derrière les vitres de sa véranda, en l'honneur de l'inconnu que j'étais, menaient un infernal manège, et nous passâmes à table.

C'était un déjeuner en tête à tête.

J'entends dire à Paris : « d'Annunzio, c'est un fou ! » Il me parla le plus froidement du monde. Pour lui, sa résolution était prise : si l'Italie cédait Fiume, lui, la reprendrait. Il la reprendrait tout seul. Je me souviens qu'à mon retour à Paris j'ai dit cela à de fort graves personnages. Mais ces forts graves personnages ne croient pas aux poètes. Ils m'éclatèrent de rire au nez.

Regardons un peu ce qu'est le nouveau d'Annunzio. Nous n'avons rien en France, et ils n'ont rien en Angleterre qui corresponde à la situation de d'Annunzio en Italie. D'ailleurs, ce n'est pas une situation, c'est un État. C'est un État dans l'État.

Où il passe, l'admiration murmure ; où il doit passer, l'admiration halète ; où il est passé, l'admiration résonne. À Venise, il avait suffi que l'on me vît en sa compagnie pour que, pendant huit jours, on me saluât jusqu'à terre.

Mais c'est à Rome qu'il fallait voir ce que j'ai vu. À Rome, un dimanche matin, il parla. Cela tint lieu de messe. Les églises étaient vides, les fidèles avaient changé de temple : aller écouter d'Annunzio, c'était encore servir Dieu. Quand la harangue fut terminée, les Romains, pour mieux le voir, bordèrent les trottoirs ; ils étaient transportés par l'oraison ; ils murmuraient : « Grandiose... Merveilleux ! » Dix minutes après, les journaux sortaient, ils sortaient spécialement et vous répétaient le discours. Il y en avait six colonnes (il y en a toujours six colonnes). La foule arrachait les feuilles aux crieurs. Elle ne se consolait de ne plus l'entendre qu'en le lisant.

Ce qui fait sa force, c'est qu'il a dit : « Faisons la guerre », et qu'il l'a faite. Il y a perdu un œil, mais gagné de la voix. Au-dessus des représentants du pays, il parle : c'est l'oracle.

Les Italiens aiment son éloquence, qui galope comme un quadrige, frappant des images à chaque coup de ses sabots. Ils aiment sa franchise, qui éternue en plein dans les figures, surtout si elles sont de la Société des Nations. Ils aiment sa colère, parce qu'elle fait jaillir du feu ; sa flamme, parce qu'elle laisse une odeur de grillé, et ses excès, parce qu'ils sont nationaux. Le poète, en Italie, est resté l'être supérieur qui possède la lumière. Les Italiens aiment le halo de la sienne. Qu'il se mette en marche, ils le suivront. Où ? Ils s'en moquent.

Lui-même a oublié qu'il fut romancier, dit-on ? Est-ce vrai ? Il est soldat. Il est commandant de la Squadra de San Marco, c'est tout ce dont il se souvient. Ce pauvre San Marco qui, depuis cet honneur, ne navigue plus sur les vignettes-timbres du poète que tête en bas et pieds en l'air. J'ai bien ri quand on l'a fait lieutenant-colonel. (d'Annunzio !) Lieutenant-colonel, lui ? Quelle idée ! Il n'a pas de grade, il est en haut, bien plus haut. S'il avait une baguette, l'Adriatique, se souvenant de la mer Rouge, pour le laisser passer, s'entrouvrirait.

Les marchands, sa marchandise en main, se sont jetés sur sa voie triomphale : les devantures des libraires éclatent sous ses bouquins ; les exploiteurs de cinéma, sous un vieux film desséché, étalent, le long des murs, son illustre nom. Mais ce Gabriele d'Annunzio-là lutte avec le Gabriele d'Annunzio du mur d'en face. Le Gabriele d'Annunzio du mur d'en face ne convoque pas les citadins au spectacle mais, en maillot de combat, appelle les citoyens au Capitole. Ainsi, dans tout Rome, les deux d'Annunzio s'empoignent, et l'homme de lettres roule sous l'homme d'action. Pour agir, il agit. Le pape lance des bulles ; lui, expédie des messages. Ce que j'en ai reçus un peu partout pendant ces mois que j'étais en Italie ! Êtes-vous dans un café ? Le garçon vous apporte votre commande, non sans y ajouter une feuille imprimée. Vous croyez que c'est la carte des vins ou gourmandises, et comme vous n'êtes ni ivrogne ni goinfre, vous la repoussez. Sévère, le serviteur vous la redonne. C'est le nouveau message du poète. Il est tout chaud, il arrive, on le distribue. On l'affiche derrière les vitres. On le jette au vol dans les voitures. C'est une dose de ciment armé pour les âmes sur le point de fléchir.

En France, prenant la feuille et constatant que c'est encore du d'Annunzio, on s'écrierait : « La tiare ! » En Italie, le respect des idoles est plus assis. L'Italien n'a pas un mouvement de fatigue, il saisit « l'affaire » et religieusement l'avale.

Hier matin, tandis que je lisais le discours de monsieur Nitti, je revoyais le poète au milieu de ces triomphes populaires. « C'est une expédition littéraire », disait l'homme d'État. Je ne dis pas non, mais c'est une littérature dangereuse qui a beaucoup de lecteurs.

Excelsior, 16 septembre 1919

Ce que j'ai vu en arrivant aux portes de Fiume

Mattuglie, près de Fiume, 18 septembre 1919

C'est évidemment une aventure. Disons qu'elle semble plus corsée de près que de loin.

Mais voici l'histoire :

Cette nuit, ce matin plutôt, à trois heures trente, gare de Trieste, nous laissions l'Orient-Express. Nous le laissions, l'esprit quelque peu animé. C'était la faute à un certain spectacle.

Figurez-vous que de Milan à Venise nous n'avions vu que des militaires. La ligne présentait l'aspect de novembre 1917. Vous savez, en novembre 1917, alors que ça n'allait pas en Italie. Après Caporetto, quoi !

À Brescia, des trains étaient bondés de soldats. À Vérone, le quai grouillait de soldats. À Vicence, les soldats ne manquaient pas. À Padoue, des soldats étaient toujours là. Alors nous n'avons plus hésité. (Pourquoi se distinguer ?) Dépouillant notre tenue civile, ouvrant notre sac, nous chaussons nos bottes, bouclons notre ceinturon, coiffons la casquette. Fixe ! Les heures graves approchent.

De Venise à Trieste, on longe le Carso. On passe à Monfalcone. Monfalcone ! c'est ici qu'il y a six nuits, lui, d'Annunzio, sous la lune, apparut. C'est ici qu'il rejoignit son commandant, Reina. C'est à Monfalcone que le dictateur – or il est dictateur –, dans une limousine précédée et suivie d'une automitrailleuse, prit, lyre au vent, la tête de son armée. Il n'y a pas de lune, ce soir. C'est sinistre. Il n'y a plus, secoué par un souffle mauvais, qu'un lumignon fumeux qui nous lance le mauvais œil.

Trieste : trois heures trente du matin. Voiture. Illuminations. Nous ne voulons pas vous en faire accroire ! les illuminations existaient. Elles existaient sur la grand-place, face au port, et le monument illuminé de rampes de gaz, comme au 14 juillet les nôtres, était l'ancien palais du gouverneur autrichien, siège aujourd'hui du commandement vainqueur. Pourquoi le palais était-il joyeusement illuminé – et à trois heures du matin ? Il faut supposer que c'était pour nous, puisqu'en dehors du cheval, du cocher et de nous deux, il n'y avait pas un chat dans la cité.

Il se passa, en ce moment, à Trieste, ce qui se passe toujours à Trieste à l'arrivée d'un voyageur. Ce qui se passe à Trieste à l'arrivée d'un voyageur ? C'est qu'il court les quinze hôtels sans trouver de lit. C'est aussi que, la tournée terminée, l'éminent conducteur de fiacre vous dit en toutes langues :

– Il n'y a plus qu'à attendre jusqu'à sept heures du matin que des voyageurs s'en aillent.

Nous attendîmes. Ce ne fut pas du temps perdu.

Les murs étaient zébrés de graffiti. En hautes lettres tracées au charbon de bois, les Triestins avaient extériorisé leurs sentiments, qui ne paraissaient point sympathiques à monsieur Nitti ni aux Alliés. Pour ce qui est de d'Annunzio, une couronne autour du front, il trônait, à la craie, sur les devantures. Ainsi étions-nous fixés. C'est un plaisir de débarquer dans un pays et de savoir immédiatement ce qu'il pense, surtout quand ses habitants sont couchés !

Depuis six jours, Trieste est le cœur de folles manifestations. Elles se forment vers sept heures, le soir. Les cortèges sont étoffés. De café en place, de place en café, les patriotes vont chantant. Aux orchestres qu'ils rencontrent, ils demandent la *Marche du Piave*, l'hymne italien. Les violons attaquent. Les consommateurs se lèvent, la foule se découvre, les officiers, talons joints, saluent : « Vive l'Italie du peuple ! » ; « Vive d'Annunzio ! » Au nom du poète, les femmes entrent en délire. On sort son portrait aux balcons. Les baisers pleuvent sur son image. On recommence cent mètres plus loin. D'Annunzio, quoique poète, a, de Messine à Udine, l'Italie entière à sa traîne.

Mais ce n'est pas pour Trieste que nous avons pris le train, c'est pour Fiume. Nous aurions mieux fait de jurer que nous atteindrions les portes du paradis que celles de Fiume. Les difficultés qui séparent un reporter du paradis ne sont rien en regard de celles qui lui défendent Fiume.

À chaque demande que nous avons formulée, c'est un coup de 420 qui nous a répondu : 420 chez le gouverneur civil, 420 chez le militaire, 420 chez les marins. Les rails barrés, la mer fermée : la route... la route, c'est encore ce qu'il y a de plus compatissant aux voyageurs de grand chemin. On n'est pas forcé de sauter en auto juste sous l'œil de la sentinelle...

Curieuse, plus que curieuse, à travers l'Istrie la route de Trieste à Fiume. Beaucoup de soldats pour un temps de paix ! Des cantonnements, des batteries. Où va tout ce monde ? Beaucoup de généraux – les généraux n'aiment pas voir sur leurs voies des pèlerins qu'ils ne remettent pas... beaucoup trop de généraux ! Curieux tous ces généraux ! Enfin, ce n'est tout de même pas la guerre – pas encore ! Puisqu'il existe une ligne d'armistice, pourquoi ne pas permettre à un innocent maniaque d'aller contempler cette ligne d'armistice ? Aurait-on des choses à cacher ?

Soixante-quinze kilomètres séparent Trieste de Fiume. Nous en avons accompli soixante-dix. Nous sommes à Mattuglie. Là, se dresse la muraille de Chine.

Derrière, d'Annunzio, déjà coulé en bronze, avec on ne sait plus combien d'hommes, est enfermé dans Fiume. Devant, où nous sommes, une ligne creusée, barbelée (pourquoi ?) et des fossés. Si on ignore combien d'Annunzio a de combattants, on sait que ce sont les meilleurs : la brigade de la reine, les grenadiers de Sardaigne. Gars triés sur le volet, grands, vêtus de neuf, c'était le choix de l'armée italienne. Ne voyez pas déjà deux armées en présence. C'est l'impression contraire que nous avons. Ces gens qui, par ordre, nous empêchent de passer ne brûlent, pour retrouver leurs frères, que de filer à nos trousses dès que nous aurons trompé leur surveillance.

Les troupes anglaises sont à Abbazia, l'ancienne Nice autrichienne, à dix kilomètres sur le golfe – en villégiature. Les troupes françaises n'avaient pas quitté Fiume tout de suite. Rassemblées dans les docks, près du Condorcet, elles attendaient. Elles sont parties, depuis. Leur résidence est insoupçonnée. Nous ne les avons pas rencontrées sur la route. En revanche, assis sur un talus, dans notre Mattuglie, nous avons reconnu, franchissant la muraille de Chine et repartant pour Trieste, le général Badoglio, sous-chef d'état-major. Il revenait de chez d'Annunzio.

Quand irons-nous, à notre tour ? Ce soir, demain ? Nous avons fait porter un mot au dictateur. Nous laissera-t-il passer la nuit à l'ombre de sa Belle Étoile ? Nous l'avons bien connu, pourtant. C'est vrai que de ce temps il n'était que poète...

Excelsior, 11 septembre 1919

Le blocus en dentelle

Mattuglie, près de Fiume, 19 septembre 1919

Une estafette du roi de Fiume vient d'arriver. D'Annunzio nous envoie nos lettres d'introduction. Ces précieux parchemins témoignent que d'Annunzio quitta Venise sans bagages. Quiconque a reçu jamais des mots de d'Annunzio sait que le papier du poète est de choix, et timbré de légendes hardies ou de culs-de-lampe évocateurs. Or la feuille qui va nous aider à franchir le « no man's land » est une simple page de bloc-notes. Ce talisman nous prouve deux choses. Premièrement : que d'Annunzio n'est pas un roi bureaucrate, car il écrit ses laissez-passer lui-même. Deuxièmement : qu'il n'est pas énervé. Son écriture de proconsul ressemble comme une sœur à celle de toute sa carrière.

Nous vous avons souhaité bonne nuit, hier, assis, à cinq kilomètres de Fiume, sur notre talus de Mattuglie, face aux lignes fortifiées. Il y eut des scènes fort touchantes, à cette frontière. Nous n'étions pas les seuls Moïses à contempler la ville défendue. Des familles maudites, en mal de rejoindre leurs foyers, ont fait connaissance avec les rages des voyages. Ces familles, en vacances, se proclament innocentes des événements. Elles disent :

– Nous sommes parties nous promener. Notre congé prend fin. Nous n'avons plus d'argent. Nous voulons rentrer dans nos maisons.

– Non ! répondent du bicorne les carabiniers.

Les familles reprennent :

– Nos enfants nous attendent.

– Non ! réitèrent les carabiniers.

Et les carabiniers, se tournant vers nous :

– Voyez, disent-ils, nous bouclons les Fiumains. Comment pourrions-nous vous ouvrir la voie ? Vous n'avez pas d'enfants, vous, à Fiume !...

Ce qui sépare d'Annunzio du reste de l'Italie, ce n'est qu'une barrière de carabiniers, autrement dit : de gendarmes.

L'armée, la population sont pour d'Annunzio.

C'est pourquoi, sans passeport nous sommes arrivés jusque-là.

– Où allez-vous ? nous demandaient, sur la route de Trieste à Fiume, les postes de soldats.

– À Fiume.

Les soldats appelaient l'officier.

– Vous allez à Fiume, messieurs ? interrogeait l'officier.

– À Fiume.

– Quoi faire ?

– Voir d'Annunzio.

– Je n'ai pas le droit de vous laisser continuer, messieurs.

– Ah ! bah !

– Mais je puis tourner la tête. Vous avez bien de la chance ! Portez-lui le bonjour de ma part.

C'est le ton.

Le gouvernement n'avait plus qu'à mobiliser la gendarmerie. Tout ce qu'il y avait de carabiniers, à deux cents kilomètres de rayon, fut rassemblé. Et le long de la ligne d'armistice, à perte de vue, coude à coude, ils barrent.

Que barrent-ils ? Voilà la question. Ils ne le savent pas. Leurs chefs ne le savent pas. Monsieur Nitti ne le sait pas. Personne ne le sait. Ils ne barrent rien, mais ils barrent quand même.

Jusque aujourd'hui, cette nuée de carabiniers n'a arrêté que dix innocentes familles et quatre journalistes. Nos confrères italiens du *Corriere della Sera* et du *Secolo* sont en train de moisir dans une villa, à Abazzia. Avec nous, Français, on a été chic : on nous a laissés en plein air.

D'Annunzio, ses troupes, ses sujets ne meurent ni ne mourront de faim. Les magasins de ravitaillement français et anglais craquaient sous les vivres. Il y a de quoi nourrir trente jours toute l'arche de Noé de d'Annunzio. D'ici là, le déluge aura cessé...

Et si d'Annunzio devait tenir deux mois et plus, l'armée, la vraie armée, irait, malgré les gendarmes, lui porter du pain.

Nous étions sur notre talus quand, ce matin, nous vîmes, sur la route de Fiume, s'élever de la poussière. Un beau cavalier donnait des éperons. Son cheval, d'un noir de cérémonie, à splendides foulées l'amenait vers les avant-postes. Il les atteignit. Le cavalier, du haut de sa selle, regarda l'horizon, fouilla ses fontes, en retira un pli, appela un homme d'armes : c'était le messager du roi-doge de Fiume. Il apportait nos lettres de noblesse d'italianité. D'Annunzio nous ouvrait les portes de son fief.

Le carabinier qui, lui, n'était, en somme, qu'une espèce de pauvre garde champêtre à pied, subit le fier prestige de l'homme aux étriers. Il prit l'enveloppe. Nous nous avançâmes. Sur cette enveloppe, nos noms, en encre bleue, paradaient dans la magnifique écriture qui les avait tracés. Le cachet sauta. Le manuscrit disait : « Laissez passer. Je les attends. »

Tous les carabiniers se réunirent.

– Non ! firent-ils du bicorne. Non ! non !

Mais quand le roi a dit oui !...

Excelsior, 24 septembre 1919

Manifeste de d'Annunzio au peuple français

Fiume, 22 septembre 1919

Ce soir, à sept heures, dans son palais, Gabriele d'Annunzio nous a remis, à mon ami Tudesq et à moi – seuls journalistes entrés dans Fiume –, le texte du message ci-joint, afin que par nos soins, a-t-il dit, « ce message soit porté au peuple français ».

Il a déposé ensuite, entre mes mains, le destinant uniquement à l'*Excelsior*, l'autographe de ce manifeste.

Au Peuple français,

Frères de France, vous savez ce que nous avons fait, sous l'inspiration et la protection de notre Dieu.

La plus italienne des villes d'Italie, aujourd'hui plus italienne que Vérone ou Pise ou Pérouse ou toute autre commune insigne, était perdue pour nous, sous la menace de toutes les profanations et de toutes les violations.

J'étais malade dans mon lit. Je me suis levé pour répondre à l'appel. Les forces ne m'ont pas abandonné. Moi et mes compagnons, nous avons tous obéi à l'esprit et, par lui, nous avons surmonté tout empêchement et toute misère.

L'esprit a accompli le prodige. En quelques heures, sans coup férir, je me suis emparé de la ville, du territoire, des navires et d'une partie de la ligne d'armistice. Les soldats envoyés contre moi avec les armes passent de mon coté avec les armes. La contagion de l'ardeur et de la générosité est soudaine. Fiume n'est qu'une forge d'héroïsme, comme jadis le mont Grappa. Les héros viennent respirer ici l'élément même de leurs âmes. Les blessés, les mutilés, les aveugles accourent pour offrir tout ce qui leur reste. Tous les combattants sans reproche sont attirés par ce feu qui jamais ne faiblit. Les cicatrices flamboient. Le drapeau est hissé à la cime de la volonté humaine et surhumaine de souffrir, de lutter, de résister.

Frères de France, tout ce que je dis est attesté par tous ceux qui ont vu et entendu.

On connaît désormais la passion de Fiume. Il y a des confesseurs et des martyrs. Toute démonstration et toute récrimination seraient aujourd'hui inopportunes et vaines.

Je suis décidé à tenir et à défendre la ville jusqu'au bout, avec toutes les armes. Nous sommes prêts à mourir de faim dans ses rues, à nous ensevelir sous ses ruines, à brûler dans ses maisons incendiées, à nous moquer de toutes les menaces et à braver en riant les morts les plus cruelles.

À cette condition – les bons combattants fiançais le savent, à leur gloire –, on est invincible. D'autres, après moi, vont bondir.

Ceux qui pendant des années et des années de tristesse ont suspendu des couronnes en deuil aux statues des villes esclaves, peuvent-ils nous blâmer, nous condamner ?

Frères de France, je ne vous demande pas que vous

vous ralliiez à notre cause qui est la plus belle du monde.

Le combattant qui se dévoua ardemment à la vôtre en août 1914, le même qui ne s'éloigna de l'Ile-de-France que pour aller prêcher la guerre en mai 1915, le même qui survola le front de l'Aisne en septembre 1918, celui-là même vous salue sans espoir ni crainte, du haut de la ville assiégée.

Ce 22 septembre 1919,
Gabriele d'Annunzio

Excelsior, 27 septembre 1919

J'ai gagné Fiume, en pleine nuit, dans la barque d'un pêcheur

Fiume, 22 septembre 1919

Nous sommes dans la place.

Foin de la diplomatie et vive la contrebande ! D'Annunzio est bien entré dans Fiume. Pourquoi aurions-nous été moins vainqueurs ? Claquant dans la main de nos carabiniers, notre sort jeté, nous gagnons la mer. La route nous abandonnait. L'Adriatique sera sans doute plus magnifique princesse. Elle le fut.

Les carabiniers italiens manquent de rate : ils n'ont pu nous suivre à la piste. Nous sommes déjà dans Abazzia. Abazzia, c'est la mer ; la mer, ce sont les pêcheurs, et les pêcheurs représentent des barques. Trois heures durant, sournoisement, nous cherchons celle qui nous sera compatissante. Quand on cherche, on trouve.

– Oui, consent le pêcheur – le pêcheur de thon de l'Adriatique, car si les pêcheurs de l'Adriatique, du haut d'une échelle, guettent le thon, ils préfèrent, orgueil professionnel à part, guetter l'or –, oui, je vous prends. Mais sur le côté, en face, comment me recevront les *arditi* ?

– Tiens ! regarde, voilà un mot du chef, tu vois ? Et du doigt nous soulignons la signature.

– Tu vois : d'Annunzio ! Tu as peur avec ça ? Et avec cent couronnes de plus au bout ?

La peur lui passa. La voile fut tendue. Le vent fit le reste. C'était l'approche de la nuit. Le golfe du Quarnaro prenait toutes les teintes. Mais ce n'est pas le moment de vous décrire un coucher de soleil. Silencieusement, deux heures et demie, sur la mer complice, nous allâmes. Tout à coup, une ligne lumineuse, à hauteur d'un cinquième étage, frappa nos yeux. Nous ne distinguions pas encore ce qu'elle disait. C'étaient des lettres, comme sur nos boulevards les réclames électriques. Peu à peu, l'alphabet fut déchiffrable, il forma phrase : *« O Italia o morte ! »* (Ou l'Italie ou la mort), disait-il. Le ciel était noir, à l'horizon, on ne voyait que cet appel. On devait le découvrir de vingt milles au large. C'était la proclamation à la face des flots.

Puis apparurent les bâtiments du port et, par une

cheminée crachant des étincelles, nous devinâmes qu'un train, à travers la Croatie, vers Belgrade, montait.

– Nous arriverons à neuf heures, nous avait dit le pêcheur.

Ce fut vrai.

Vers neuf heures, prudemment, il louvoyait sur la côte, face aux docks, aux docks de Fiume.

– Débarque-nous là, lui dîmes-nous.

Nous savions que les troupes françaises, malgré les dépêches, n'avaient pas quitté la terre de Fiume. Elles avaient pris leurs quartiers dans les docks. Tandis que les Anglais regagnaient Malte, que les Américains s'ancraient au large, le *Condorcet*, cuirassé français, sans bouger d'un mètre, au port, protégeant les nôtres, maintenait le pavillon.

Nous sautons à terre. Adieu, pêcheur ! Que le diable te ramène ! Nuit noire. Dix minutes sans rencontrer que deux sentinelles baladeuses, entre les docks. Nous avançons. Des lumières au fond d'un magasin : ce sont les soldats français. Nous passons. Cent pas plus loin : le *Condorcet*, puis un yacht tout blanc à quai. Les hublots ouverts laissent plonger dans la salle à manger. Là sont réfugiés les officiers français et nos nationaux. Ils dînent. En bout de table, le général Savy, entre deux dames. Ils ont l'air en excellente santé. C'est bien, passons. À force de passer, il nous arriva ce qui devait nous arriver : à la sortie des docks, fusil en bandoulière, les *arditi* veillaient. Nous feignîmes de ne pas les voir ; eux nous virent.

– Qui êtes-vous ?

Nous répondons tout cru :

– Deux correspondants français. Nous arrivons de Paris, nous venons voir d'Annunzio.

Ils ne nous ont même pas demandé de papiers.

Nous voilà en ville, place Cesare-Battisti. Gagné !

Tout change d'aspect. Sortis de la nuit noire, des docks noirs, des *arditi* à chéchia noire, nous nageons en pleine lumière, joie, exaltation. Éclairés à rampes de gaz, les monuments clignotent. Les restaurants, cafés, terrasses, grouillent d'un peuple turbulent. Orchestres, mandolines, guitares fonctionnent de toutes leurs cordes. Avançons. N'est-ce qu'un quartier qui se réjouit ? Non. C'est la ville, la ville entière. Aux fenêtres, les lampions, de leur papier panaché, flamboient. Les couples, chantant, circulent. Des cris, comme des foyers successifs d'enthousiasme, s'élèvent. Nous arrivons au centre, place Dante. Là, c'est la grande scène.

Face au port, la maison du milieu présente cinq portraits lumineux. En haut, au troisième étage, dominant tout : d'Annunzio, et sa poitrine chamarrée de ses bravoures. En dessous, sur le même rang, Vittorio-Emmanuele, roi, et Elena, reine. Plus bas, Thaon di Revel, amiral ; Reina, commandant.

Devant cette façade, tout un peuple qui exaspère sa nervosité. Ce sont des hurlements d'amour. Je ne suis qu'un témoin. Je ne raconte que ce que je vois. Je ne défends aucune cause. Je dis la vérité : c'est la meilleure.

À deux cents mètres de là, sur la colline, le palais

de l'ancien gouverneur autrichien, dit de l'archiduc. Là, siège d'Annunzio. Le monument rutile. Lumineuse, une couronne le surplombe, en dessous, une étoile.

Les rues sont en kermesse : feux de Bengale, pétards. Un immense dais de toutes les bannières de l'Italie les recouvre. Ce sont les croix : à douze boules de Pise, rouge sur blanc de Milan, or sur rouge de Messine, carmin sur neige de Padoue, or sur bleu de Vérone. Ce sont les lions : ailé de Venise, cabré de Tortona, vert à langue de feu de Brescia, impertinent de Perugia. C'est l'éléphant et la femme de Catane, l'écrevisse noire de Tarente, le bœuf gambadeur de Turin, les carrés d'Arlequin de Pistoïa, les trois rois-soleils et hilares de Dalmatie, l'aigle en fer forgé de Trente, la hallebarde de Trieste, la main haut gantée de Crémone, les tours blanches de Sassari, la chèvre guetteuse d'Istrie.

Sous cette voûte d'étendards, en l'honneur des cités, crie la foule. Ce sont encore, toujours lumineux, les portraits de Verdi, Dante, Garibaldi. Et tout cela parmi les affiches, à personnages de mousquetaires, du *Capitaine Fracasse* que projette un cinéma.

C'est une ville en exaltation. Les bandes ne cessent de circuler. Des camions-autos, à toute vitesse, avec d'effroyables cris de sirène, fendent les manifestants qui les acclament. Sur ces camions, des soldats, dans les gestes de statue, jurent que la mort leur sera légère. Mêlées aux hymnes de la patrie, des chansons de caf' conc' éclatent. Des enfants, à qui on sent que les parents ont dit : « Allez, donnez-vous-en, on ne reverra plus ça », éperdument, à minuit, aux carrefours, jouent aux barres. La *Vedetta d'Italia*, le journal du « Royaume », sort des presses. Une nuée de crieurs, femmes et gamins (les hommes sont de garde aux portes), dix kilos de papier sur les bras, dévalent du palais, ne sachant, malgré leur course, comment, devant cent mains qui arrachent la feuille, défendre leur marchandise. Des officiers, tous trois fois au moins décorés, souvent de la croix de guerre française, rayonnants, transportés, sanctifiés, circulent, les hommes n'ont de ces figures-là que dans leurs heures uniques. Entre ce flot, sur les trottoirs, matelots et soldats, baïonnette au canon, « les déserteurs de Nitti », comme Fiume, en éclatant de mépris, les appelle, familiers avec les leurs, mais farouches au moindre mot, vont, viennent, s'arrêtent. À cette minute, nous comprenons que, si nous nous mettions à crier : « Vive Nitti ! À bas d'Annunzio ! » la marée humaine nous saisirait, nous hacherait en minuscules morceaux et, chantant, précédée d'une fanfare, porterait nos restes, réduits en boule, aux poissons patriotes. C'est du bolchevisme... de droite.

La fête est à son sommet. Cet après-midi, d'Annunzio-roi a remis à ses troupes la médaille de la sainte cause – vingt mille hommes. Ce ne sont pas les soldats qui la portent mais les femmes. Les vainqueurs, pour ce soir, l'ont prêtée aux « signorina ». Ces signorina sont d'ailleurs leurs fiancées.

Les jeunes filles de Fiume, en bloc, officiellement,

par une démarche au maire, se sont promises à ces héros. On donne des numéros. C'est l'amour tricolore.

Les murs, de bas en haut, sous les affiches signées d'Annunzio, chantent éperdument. Jamais souverain n'a parlé plus belle langue. Des papillons couvrent les façades. Ils proposent au peuple enivré les plus divines maximes : « Dites à la fidélité que la foi sera couronnée. »

À la vitrine de trois magasins de fleurs, parmi les roses, les violettes, une même pancarte apparaît. Elle annonce : « Les marins et soldats qui ne disposeraient pas d'argent sont priés de se présenter au palais du gouvernement. » D'Annunzio avait une chose délicate à glisser ; il la présente dans les fleurs ; partout règne la liberté. Aucune tracasserie dont généralement s'accompagnent les prises de possession de villes. C'est la communion dans la beauté du geste. C'est l'œuvre terrestre d'un poète au sang pur.

Excelsior, 27 septembre 1919

L'entretien avec le « dictateur » de Fiume

Fiume, 22 septembre 1919

Nous montons au palais où règne Gabriele d'Annunzio.

Derrière nous, à quai, ses bateaux de guerre : cinq croiseurs et un *dreadnought*, le *Dante Alighieri*. Les matelots, en chantant, fourbissent les cuivres. Sur notre chemin, dans la rue qui, fièrement, porte son nom, manœuvrent ses troupes. Les commandements sont secs, l'obéissance enthousiaste. Fiumains, Fiumaines, rubans à la veste, au corsage, rayonnants, circulent.

Au palais, claque le drapeau de la Maison de Savoie ; les *arditi*, chéchia noire, baïonnette haute, montent la garde. Franchissons le péristyle ; gravissons l'escalier large. Voici le hall, bourdonnant, comme, aux entractes, le foyer d'un théâtre.

Là, soldats, officiers, civils, en toute confiance exaltés, s'expliquent. Sur la porte, à droite, on lit : « Chef de cabinet » ; sur la porte, à gauche : « Chef d'état-major ».

Nous sommes au cœur de l'action. Gabriele d'Annunzio est dans l'un de ces salons prenant jour ici.

Nous sommes conduits à son officier de service. Il a laissé un poumon, plus un bras, sur le Carso. Et, simplement, poussant lui-même la porte, d'Annunzio vient à nous.

– Tiens ! nous dit-il, tandis que son regard nous assure la bienvenue, c'est vous ?

Il nous pria d'entrer dans son cabinet de dictateur, et là :

– Mon commandant, dites-nous votre histoire

Gabriele d'Annunzio parla :

– Si le 11, précipitamment, j'ai décidé d'agir, c'est que de graves nouvelles me parvenaient. J'ai eu la preuve que, le soir du 12, Fiume devait être mise à sac par les Croates. Depuis longtemps, déjà, le Conseil national recevait des menaces. Il était urgent d'arriver.

J'étais dans un état de santé déplorable. Trente-neuf degrés de fièvre tenace m'abattaient. Mon docteur me conseillait le lit, j'ai pris la route. Ce que des esprits légers appellent une aventure n'est qu'une vocation divine. Il ne s'agit pas ici de gloire. Je pouvais rester dans ma maison, continuer à écrire des vers, des drames, des romans. Mais la nécessité absolue m'apparaissait, il fallait se dévouer une seconde fois.

J'avais pensé faire l'expédition avec des volontaires. J'ai vu que c'était impossible, le symbole n'eût pas été complet. J'ai marché avec des troupes régulières. Toute l'armée était et reste avec moi, marins, aviateurs, fantassins. Il n'est pas un soldat qui ne m'obéisse. Avec mes vingt mille hommes, j'ai garni les trois quarts de la ligne d'armistice. Si je jette un appel quelconque, toutes les divisions répondront. J'accomplis un acte national.

Quant à moi, que voulez-vous que me fasse la vie ? Je l'ai risquée de toute mon âme vingt et vingt fois. Qu'importe la mauvaise croûte qu'est aujourd'hui mon corps ? Si je prépare mon raid de Tokyo, n'est-ce pas dans l'espoir profond d'être enlevé, là-bas, un mauvais soir, dans les pays jaunes, par un typhon ?

Tous les officiers qui m'accompagnent m'ont juré, par signatures déposées entre mes mains, que leur destinée m'appartenait. La ville est prête à mourir. Nous avons donné notre existence à cette terre sacrée. Vivants ou morts, elle nous gardera.

– Vous êtes donc parti de Venise, mon commandant, le 11 ?

– Oui. Je quitte Venise, j'arrive à Ronchi. Ronchi, le village d'Oberdane, le grand martyr triestin d'il y a trente ans. Je veillais sombrement dans une auberge, face à celle qu'occupait Oberdane quand il reçut le coup des Autrichiens. Sombrement, parce qu'à Ronchi tout était perdu. Les camions promis m'étaient refusés. Il est des âmes faibles aux heures du sacrifice. J'agis. Mes hommes sont à moi, je commande. De vive force, les camions sont enlevés. Nous partons. Nous ne pensions pas que l'expédition serait si facile. Nous nous attendions à combattre. Nous craignions la résistance des Alliés. Le fait ne s'est pas produit. Mon Dieu, merci !

En route, avec mon premier bataillon, ce fut une traînée de feu. Le long du chemin, je harangue les troupes. Toutes me suivent. J'entre à Trieste, j'ai une véritable armée : des régiments entiers, des mitrailleuses, des autocanons. Tout cela, comme au battement du pied, était sorti de terre. Un général, réveillé, enfin, par l'événement (il avait le sommeil dur), essoufflé, me rejoint. « Que faites-vous ? Où allez-vous ? Je suis votre supérieur ! » me dit-il. Je lui réponds : « Je vais à Fiume, où, aujourd'hui, le commandant, c'est moi. Allez à la queue, si vous voulez, et tâchez de manger le plus de poussière possible. » Nous continuons, la nuit lumineuse avait peu à peu cédé la place au jour. Nous arrivons à la ligne d'armistice, aux portes de Fiume. J'étais décidé à tout. J'entendais que personne ne me contredît. Averti, le général Pittaluga, chef des troupes italiennes de la ville, accourt. À ma vue, il prend aussitôt un air de général, un vrai air de vrai général : « Comment ! me dit-il, c'est vous qui faites ça, vous qui êtes si intelligent ? Vous n'avez donc rien compris à la situation ? » Je lui réponds : « Je suis le maître, je vais passer. » Il me supplie : « Accordez-moi cinq minutes. » Il faut, prétend-il, qu'il conjure une catastrophe, qu'il obtienne de ses soldats qu'ils ne tirent pas. « Je vous donne cinq minutes, lui dis-je. Au fait, je vous avertis que j'ai deux cibles pour vos soldats : ma médaille des mutilés et mon étoile d'or de bravoure. » Les cinq minutes passées, j'avance.

J'entre dans Fiume. Ce fut l'heure la plus flamboyante de mon existence. Pas une femme, pas un enfant qui n'ait sa palme à la main. Une odeur de laurier était dans l'air. Je fends la foule amoureuse, me rends au palais, l'entoure. Je dispose un bataillon aux endroits sensibles. J'organise tout.

Le 13 septembre, rien n'était plus à faire. À Sussak, la première nuit, deux ou trois rixes. Mes ordres partirent. Maintenant, c'est la sérénité des nuits vénitiennes...

– Où étaient les troupes alliées ?

– Je ne les ai pas vues. Les Anglais m'ont demandé de se retirer à Volosca. J'ai dit que c'était inutile. J'ai donné ma parole d'honneur que rien n'arriverait. Ils sont à Malte à cette heure.

– Et les navires de guerre italiens que nous voyons dans le port ?

– J'ai dû retenir les navires. (Là, le dictateur eut un sourire malin.) J'ai envoyé des *arditi* pour éteindre les feux. Mais, tout à coup, la nuit, j'apprends qu'un amiral arrive. Je fais sonner le tocsin, toutes les cloches donnent. Mes troupes sont sur pied, la population se précipite aux quais. Je somme l'amiral de descendre. Il descend, je le reconnais. C'est un de mes amis, c'est l'amiral Casanova. Je le fais prisonnier. « Je vous remercie, me dit-il, de me faire prisonnier ; comme cela vous m'évitez peut-être la douleur suprême d'ouvrir le feu sur nos frères. » Je lui ai donné la meilleure chambre et, comme un ancien cuisinier de son bord servait chez nous, je le lui ai rendu. Il faut toujours être aimable.

– Et cet amiral, où est-il maintenant ?

– Je l'ai fait partir ce matin même, en automobile.

En effet, un capitaine entre dans le cabinet, se met au garde-à-vous.

– Commandant, dit-il, j'ai l'honneur de vous annoncer que l'amiral Casanova est arrivé à destination.

– Bien ! fait d'Annunzio.

D'Annunzio se recueille :

– Une nouvelle grave vient de m'arriver. La Conférence reconnaîtrait la souveraineté de Fiume, mais simplement comme petit État à part de l'Istrie. Cela est impossible. Je prends mes précautions. Je jetterai, s'il le faut, une proclamation à l'armée pour m'opposer par la force à cette mutilation. Ce matin, malgré l'orage, deux de mes avions sont partis lancer sur Rome et Milan un de mes messages. L'Italie n'est pas impérialiste, sa libéralité est connue. Elle réglera ses affaires seule. Quant à la France, puisque c'est à deux Français que je parle, je veux crier une fois encore : « J'aime la France comme ma seconde patrie. Je suis l'ami le plus passionné de la France. Je ne crois pas que personne ait jamais chanté votre armée avec plus de ferveur et de joie. J'ai l'honneur d'avoir la croix de guerre de vos poilus. J'ai droit de cité chez vous ; ceux qui osent me faire passer pour un de vos ennemis ne pourraient me le dire en face !

– Commandant ! fit un lieutenant six fois blessé.

Et il claqua les talons.

Le régiment des Bersagliers attendait le dictateur à dîner.

Excelsior, 27 septembre 1919

Fiume, la passion de deux peuples
Après la menace italienne, la menace serbe

Fiume, 27 septembre 1919

Et maintenant, si nous causions sérieusement ? D'Annunzio a fait son coup. Bien. Que l'Italie ne retentisse que de cet événement, bien encore. Que l'affolement gagne, à un degré exaspéré, le gouvernement, les soutiens du gouvernement, les polices du gouvernement, bien toujours. Que l'aventure intérieure soit aux portes du royaume, bien, toujours bien.

Mais que les conséquences de ce « fait nouveau » ne dépassent pas les frontières de la Maison de Savoie, voilà ce qu'il faut se garder d'avancer. Et c'est la question.

D'abord, fixons l'Italie. L'Italie n'est plus l'Italie. C'est la « Nouvelle Italie ».

Il y a quatre mois, dans son lit, je voyais l'un de leurs patriarches : Luzatti. Il est octogénaire. Il était malade. À peine étais-je introduit dans sa chambre, qu'il se dressa sur ses oreillers et, tel un revenant, d'une voix creuse : « Fiume ! me cria-t-il. Fiume ! Voilà notre passion. » C'est le mot. L'Italie n'est plus qu'une foule de fidèles et, là-bas, sur sa colline inspirée, de l'autre côté de l'Adriatique, cloué, mains et pieds saignants, couronne d'épines au front, *Ecce homo* : d'Annunzio.

À l'égard des Alliés, comment se sont comportés les Italiens agissants, forçant Fiume ? Contons cette page de l'aventure.

À Fiume, base de ravitaillement de notre armée de Hongrie, la France avait dans les docks douze millions de marchandises : nourriture et vêtements. Les Anglais n'avaient rien ; les Américains, rien. Les Français étaient sept cents (la moitié d'Annamites), les Anglais guère plus de deux cents, et les Américains quelques bâtons de policiers seulement. Dans le port : un cuirassé français, un anglais, un américain ; 12 septembre : d'Annunzio arrive.

Les Anglais lui demandent, sur-le-champ, la permission de se retirer à cinq kilomètres de la ligne d'armistice, à Volosca. D'Annunzio répond qu'il n'en juge pas l'utilité, qu'il tient à leur éviter ce dérangement, qu'il n'y aura aucune provocation de sa part. Il leur donne sa parole d'honneur.

Les Anglais en jugent autrement. Ils s'embarquent, sans attendre. La précipitation leur fait oublier quelques précieux bagages pour des militaires. Ils montent à bord de leur cuirassé. Le cuirassé file sur Malte. Le général, en ce jour, s'explique à Londres.

Par sympathie, les Américains gagnent leur cuirassé – à une vitesse moindre cependant. Le cuirassé lève l'ancre. Où ira-t-il ? C'est vrai ! L'Amérique n'a pas d'île dans la Méditerranée ? Saisi par cette réflexion, le *Pittsburg*, ayant parcouru deux milles, s'arrête. Il repose en ce moment en eaux calmes, entre Fiume et Abbazia, face au Monte-Maggiore, dont toutes les aurores sont rose tendre. Et les policiers, appuyés aux bastingages, regardent avec admiration les marins de leur patrie, sous prétexte d'exercices, une heure durant, comme de petits lapins blancs, sauter sur leur derrière tout le long de leur pont.

Les Français laissent leurs hôtels. Arrivé sur le *Condorcet*, le général Savy dit : « C'est la première fois que je commande un cuirassé. » Mais le *Condorcet* ne quittera pas le quai, mais nos soldats ne quitteront pas terre. Dans les docks, nos sept cents hommes s'installent. Mieux ! Le commandant de la base, dans son bâtiment, en pleine ville, demeurera. Et, à sa fenêtre, claquant toujours : le drapeau français.

Ce drapeau fut cause des trois seuls incidents de ces journées de passion. Commencés sur un ton de querelle, ils se terminèrent par des sourires d'amour – grâce à un homme.

Voici la chose :

Le premier jour, le 12, un attroupement d'*arditi* se forme devant notre base. Les *arditi* murmurent. Passent des officiers italiens.

– Que voulez-vous ? leur demandent-ils.

– Que la France imite l'Angleterre, l'Amérique, qu'elle amène son drapeau.

Les officiers italiens prient qu'on les annonce à notre commandant. « Pour éviter des incidents, mon commandant, ne pourriez-vous pas descendre votre drapeau ? » Le commandant répond : « Le drapeau français ne descend pas. » Les officiers s'excusent et dispersent les *arditi.*

Cinq heures après, un capitaine italien, ami du chef français, frappe à sa porte. Il lui dit :

– Je suis votre ami, c'est pourquoi je me permets cette démarche. Un groupe d'*arditi* échauffés exige le retrait de votre drapeau. Une délégation de leurs officiers est là, elle demande à vous parler.

– Faites entrer, dit notre commandant.

Les délégués entrent. « Messieurs, le drapeau que vous voyez là s'est battu à côté du vôtre. Je ne l'ai jamais abaissé devant les Allemands, je ne commencerai pas devant mes amis. » Les officiers s'excusent. Le lendemain, un *ardito,* aussi merveilleux acrobate qu'ivre mort, devant la foule en promenade, comme un singe se met à grimper contre le tuyau de descente. Il grimpe à l'assaut du pavillon. Un matelot français, à la fenêtre, le fusil crosse en bas, attend, pour l'assommer, qu'il ait touché la hampe. L'incident, le fatal incident, va naître. Le commandant français – le commandant Fort – apparaît au balcon : il fait son petit d'Annunzio, il harangue la foule. « Est-ce un ivrogne ? » dit-il. On ne le laisse pas terminer. La foule l'approuve. Elle dégringole l'*ardito*, et le rosse.

C'était fini.

Nous parlâmes de ces incidents à d'Annunzio. « Commandant, lui dîmes-nous, vous savez bien que le drapeau français ne descend jamais. » D'Annunzio répondit : « Je le sais, c'est pourquoi j'aurais voulu entrer en rapport avec le chef de votre détachement. J'eus peur qu'il ne fît pas à ma lettre l'accueil amical que j'espérais. Je redoute tant un incident, même minime, avec les vôtres, que je n'ai pas envoyé cette lettre. J'ai donné les ordres les plus sévères pour qu'aucune provocation ne vînt de la part des miens. Je n'en dors pas les nuits. »

Nous savons que c'est vrai.

Et les Serbes ? À dix kilomètres, au sud de Fiume, en longeant la côte, sur la mer, à Bucari, sont les Serbes.

Nous étions, tout à l'heure, à Bucari. Là, tâchons de bien voir. Ce n'est pas malin. Il est inutile, pour se rendre compte, de porter dans son portefeuille une lettre vous sacrant diplomate. Là est le danger. Danger immédiat ? On ne sait pas. Danger certain ? Oui. Que pensent, que disent les Serbes ?

Les Serbes pensent qu'ils en ont vu bien d'autres ! Leur héroïque histoire chante dans leur esprit. Que d'Annunzio les appelle des « trois quarts de sauvages », voilà qui ne leur donne pas la fièvre. Ce sont des gens froids, solides, têtus, effroyablement têtus. Ont-ils renoncé à Fiume ? Non. De même qu'en 1814, ils n'avaient oublié leur indépendance, ainsi que le montra Georges-le-Noir, de même qu'en 1912, ils se souvinrent des Turcs, qu'en 1913, ils se rebiffèrent contre les Bulgares, qui voulaient remplacer le musulman, aujourd'hui, ils rêvent à Fiume. « Fiume, disaient-ils depuis huit mois, si on ne nous le donne pas, nous le prendrons. »

Rappelons-nous qu'ils l'ont déjà pris une première fois, que seule leur obéissance aux ordres de la Conférence le leur a fait lâcher, et que, s'ils l'ont lâché, c'est parce qu'ils avaient des promesses. Croyez-vous qu'ils soient troublés par les derniers événements ? Ce serait mal les connaître, les Serbes ne se troublent pas. L'improvisation n'est pas dans leurs mœurs. Ce sont des Orientaux, mais des Orientaux musclés. « Parfait, confient-ils, c'est ce qui pouvait nous arriver de plus agréable. D'Annunzio, par la force, a pris Fiume. Si les nations reconnaissent l'acte valable, par le même moyen, nous le reprendrons. Et les nations, avec nous, ne pourront pas agir autrement qu'avec lui. »

Des mots homériques s'échangent à cette frontière : les Italiens, constatant l'état de dénuement où végète l'armée serbe (l'armée serbe n'a plus ni vêtements, ni chaussures, ni munitions – mais de cela encore, elle se rit – car l'armée serbe existe toujours, car elle existera toujours), les Italiens leur glissent :

– Vous n'avez pas de vivres, pas de cartouches, pas d'artillerie. Où en trouverez-vous ?

– Chez vous ! répondent les Serbes.

Les propos de Bucari ne sont pas démentis à Belgrade. Ce qu'ils pensent, ils le disent. Ce qu'ils disent, ils le feront. Dans combien de temps ? Dans un mois ? Six mois ? Un an ? Qui le sait ?

Un jour ? Sûrement.

Excelsior, 1er octobre 1919

Sussak slave, Fiume italienne, face à face
Un dîner à la frontière balkanique

Fiume-Sussak, 28 septembre 1919

Et, pour cela, il a suffi d'un pont !

Est-ce même un pont ? Cinq enjambées, et il est franchi. D'un côté, Fiume ; de l'autre, Sussak ; Fiume italienne, Sussak slave.

Dans l'une, joie, exubérance, révolte. Dans l'autre, crainte, attente, complot. À l'entrée du pont, le territoire de Fiume, les *arditi* – les *arditi*, terreur, durant la guerre, de l'Autrichien ; effroi, la paix venue, des bourgeois calmes – barrent. On ne passe pas.

Nous passerons : nous possédons le maître mot. Dans la circonstance le maître mot n'est qu'un mot du maître. Il dort dans notre poche ; nous allons le réveiller, il est signé d'Annunzio. Nous passons.

Aussitôt, l'autre civilisation apparaît. Les femmes sont en costume balkanique ; chaussures plates, bas blancs de grosse laine, jupe courte verte ou rouge, ligne bis, caraco jaune, et sur la tête, sur leur dure tête : cruches, paniers ou charges plus pesantes. Aux enseignes, autre alphabet, les caractères sont slaves et, où l'on reconnaît que l'on entre dans la famille serbe, c'est que le bœuf redevient roi, le bœuf qui, dans le royaume de Pierre, le vieux saint roi, traîne tout : canons, marchandises, promeneurs.

Les Slaves sont obstinés. Pour leur arracher ce qu'ils tiennent dans la mâchoire, vous leur casserez les dents ou vous ne l'aurez pas. La menace est à leur seuil, ils n'ont rien cédé. Avaient-ils retiré de leurs vitrines les minuscules portraits de Pierre qui, négligemment, trônaient parmi les pires produits alimentaires ? Non. Pierre, *kapska* emplumée en tête, siège toujours entre un bloc d'emmenthal et un sac de grains. Ils en ont augmenté les exemplaires, même. À cet étalage, je m'en souviens, il n'y avait que deux portraits, jadis. Il y en a trois. Ah ! ce ne sont pas les fastueux cadres de Victor-Emmanuel à Fiume. La Serbie n'est qu'un petit royaume. Ce sont de pauvres cartes postales écornées : c'est leur roi.

Sussak, face à Abbazia, Riviera des Autrichiens opulents et des Viennoises dorées, Sussak était le lieu de vacances des Croates modestes. Des hôtels de baigneurs, à mi-colline, plongent sur la mer. Nous avions gagné l'un d'eux. Il était l'heure de dîner et quand il est l'heure de dîner, il n'est pas de frontière.

Que deux Français soient, ce soir, à Sussak, voilà ce que Sussak n'ignore pas, car Sussak est à l'affût. L'hôtelier était serbe. Il nous accueillit en frères. Dix minutes après, arrivèrent deux messieurs en redingote. Ils se présentèrent. Nous ne dirons pas qui ils sont. À cette frontière balkanique, la prudence est de rigueur. Leur français n'était pas fameux, mais ils savaient ce qu'ils avaient à dire.

– Nous, Serbes, firent-ils, nous restons sur nos positions. Nous attendons, ne renonçons pas.

– Et si la Conférence des États décide, comme on le dit, contre vous ?

– Les Italiens ne se sont pas remis du sort de Fiume à la Conférence des États. Pourquoi serions-nous plus dociles ?

Ils ajoutèrent :

– Le problème ne regarde plus les États. C'est une affaire entre Italie et Serbie.

– Hé ! là ! fîmes-nous, la guerre est finie. Vous n'allez pas la rallumer ? Vous devez, surtout, en avoir votre compte !

Les deux Serbes eurent un sourire lourd.

– La guerre, fit l'aîné, n'est jamais finie, en Serbie.

Une petite fille, un bouquet dans les mains, décidée, vint à nous. Elle déposa ses fleurs sur la table.

– Pour la France ! fit-elle.

La nuit était descendue. Surprise ! Le long de cette terrasse s'allumaient des lampions aux couleurs serbes. Le nombre en était réduit. Il n'y avait pas débauche. L'intention, seule, existait.

– Et que les *arditi*, dirent les hommes en redingote, viennent nous les éteindre !

Le dîner était serbe, c'est-à-dire bon. La Serbie, patrie de la pâtisserie, nous honorait. Ce ne fut pas tout. L'hôtelier avait de la branche. Il connaissait les mœurs de son pays. Il savait qu'un dîner d'amis ne se termine pas sans guzla. La guzla est une sorte de guitare à la mode slave, elle n'a que trois cordes et chante profondément. Et la guzla, pour les accompagner, a toujours autour d'elle quelques Serbes aux refrains déchirants.

Où qu'ils soient, les Serbes chantent. Dans la retraite, dans la victoire, dans l'attente, ils chantent. Leurs chants ne sont pas des chants échevelés, ce sont des plaintes. Ils vous saisissent l'âme et la traînent dans les sentiers les plus obscurs de la nostalgie. Les trois Serbes musiciens, qui sentaient à vingt pas les soldats travestis en civil, près de nous, instrument sur les genoux, prirent place. Dans des temps qui sont proches de notre mémoire, nous les avions entendus, ces chants de la Serbie. Nous les avions entendus sur le Danube, à l'heure de la gloire ; sur le noir Vardar, à l'heure de l'épreuve ; sous les oliviers dentelés de Corfou, à l'heure de la résurrection. Seraient-ce les mêmes ? Ce furent les mêmes.

Ô mon bien-aimé, ne meurs pas encore.
Reviens au foyer, quitte à repartir.
Je saurai te dire adieu vers l'aurore,
Et te mettre en main ton fusil de tir.

– Chanteurs, demandâmes-nous, n'avez-vous pas de nouvelles chansons ? Les chanteurs reprirent :

Quand finira-t-elle, ô mon bien-aimé,
Cette horrible nuit où tu es parti,
Où tu es parti pour le grand combat ?
Ah ! Serbie ! si nous t'écoutons, cette nuit ne finira pas.

Excelsior, 3 octobre 1919

D'Annunzio refuse d'évacuer Fiume
Le roi menacerait d'abdiquer

Rome, 10 octobre 1919

La situation est grave en Italie.

Tous les efforts que le gouvernement tente depuis un mois pour noyer le péril d'Annunzio ont échoué.

Le gouvernement italien parle encore au nom de l'Italie aux nations de l'Entente ; il ne parle plus à la partie agissante de son propre pays.

D'Annunzio est à Fiume et n'en sortira pas. L'armée est avec d'Annunzio. La flotte sera avec d'Annunzio. Le président Nitti ne préside plus grand-chose. Le roi est hésitant et, derrière tout ça, les socialistes guettent.

On a tout fait pour convaincre le rebelle. Ses plus grands amis : le duc d'Aoste, l'amiral Cagni, le général Badoglio, lui ont été dépêchés. À tous, il posait cette question :

– M'apportez-vous Fiume italienne ?

– Presque, répondaient les envoyés.

– Alors, allez-vous-en, répliquait d'Annunzio.

D'Annunzio n'est pas un homme politique. Il est insensible aux arguments qui touchent ces derniers. Il ne veut rien connaître des menaces qu'il fait peser sur sa patrie. Si des amis de l'Italie avaient formé le projet de le convaincre, qu'ils y renoncent.

Un grand orage est sur le royaume. On le sent partout à Rome. Au palais Braschi, présidence du Conseil, les ministres ne cessent d'entrer et de sortir.

L'aventure militaire pointe. Les officiers, dans des discours à leurs hommes, exaltent le geste de celui qu'ils appellent l'Homme. Du lieutenant au général, on attend, non plus les ordres du ministre de la Guerre, mais ceux du dictateur.

Les souscriptions ouvertes dans les journaux en faveur de d'Annunzio dépassent deux millions. Pour un pays pauvre comme l'Italie, c'est énorme. On est arrivé à ce chiffre par des sommes de trente, de cinquante centimes.

On lit dans les quotidiens qui arrivent de France des notes ainsi conçues : « Les gouvernements de l'Entente et le gouvernement italien sont en parfait accord sur tous les points. » On se demande ce que cela veut dire, puisque les gouvernements de l'Entente réclament au gouvernement italien des choses qui ne sont plus en son pouvoir.

Les socialistes, qui ont sauvé une fois monsieur Nitti et le voient finalement impuissant, se disent qu'ils sont les seuls désignés pour liquider la question.

Excelsior, 12 octobre 1919

L'armée et la marine n'obéissent plus

Rome, 12 octobre 1919

Avant 1915, le peuple, en Italie, ignorait Fiume. On parlait de Trente, de Trieste. Quant à Fiume, si quelqu'un avait prétendu que c'était une ville d'Océanie, il n'aurait pas été démenti. Les dirigeants n'y pensaient pas ; pour penser à Fiume, il eût fallu prévoir le raz de marée de l'Autriche.

Dernière venue dans le rang des grandes puissances, l'Italie, servie par sa sensibilité naturelle, dès le premier moment, au milieu de ses alliés, se fit soupçonneuse. La moindre résistance opposée à Orlando et Sonnino prenait l'allure d'une insulte au pays. Ainsi naquit la question de Fiume.

L'armée s'exaspérait. Quoi ? Ses exploits n'étaient pas suffisants pour assurer les volontés de son pays ? Elle murmurait quand, de ses rangs, une voix s'éleva.

D'Annunzio disait : « Wilson ? Connaissons pas. Clemenceau ? Connaissons pas. Lloyd George ? Connaissons pas. Nous ne connaissons que les héros morts du Karst et de l'Isonzo. De leurs tombes sanglantes, ils nous crient : « Exigez tout ! »

Le président Wilson lança alors son appel au peuple italien. L'Italie en pâlit de rage. Orlando, sous l'affront, quitta Paris. Orlando, de Turin à Messine, devint un héros. Dix jours de suite, l'Italie lui cria : « Surtout, ne retourne pas à Paris ! » La manière de voir de l'Italie était celle-ci : « Désormais, nous nous désintéressons de la Conférence. » Le président du Conseil, qui a d'autres responsabilités que les parleurs publics, crut nécessaire, contre la volonté de son peuple, de reprendre le train. Rien ne s'arrange à Paris.

Orlando revint à la chambre. Un typhon l'emporta. L'Italie – enfin ! – crut voir surgir un paladin. C'est Nitti qui apparut. Nitti est un homme froid. Il préfère de médiocres assurances à de sublimes illusions. Son programme ? À l'intérieur, reconstruction économique ; à l'extérieur, entente avec les Alliés. « Ah mais ! crièrent les nationalistes, si le pouvoir devient raisonnable, tout est perdu ! » Et d'un seul mouvement, autour de d'Annunzio, l'armée se serra.

Nitti, connu pour son puissant estomac, tint le coup. Il n'ignorait rien des projets du poète, mais ce président du Conseil pouvait-il douter de l'armée nationale ? De plus, n'avait-il pas fait un sourire à l'homme du jour ? Ne l'avait-il pas nommé directeur général de l'aviation ? Ça irait.

Le 12 septembre, à deux heures, il est à la Chambre. Il est à son banc, calme. Soudain, violemment, il frappe du poing sa table : il apprend l'enlèvement de Fiume. Sa colère le soulève. Il parle. Ses paroles manquent de mesure. La Chambre va le balayer. Contre l'aventure militaire, les socialistes le sauvent. Sous ce même coup, d'augustes colonnes tremblent. Les conjurés de Fiume ont, paraît-il, un projet. Ils aiment le duc d'Aoste, cousin du roi, général victorieux de la IIIe armée. Ils l'aiment jusqu'à en faire leur chef suprême.

Le conseil de la couronne a lieu. Nitti réclame la dissolution de la Chambre, il l'obtient. Nitti reçoit le duc d'Aoste. Le duc promet son concours au pays. « Maintenant, dit Nitti, à d'Annunzio ! »

C'est là que rien ne va plus. Nitti, pour faire sortir d'Annunzio de Fiume, met tout en jeu, amitié, menace, promesse. D'Annunzio a de hauts amis : Nitti les appelle, il les prie de partir là-bas. Duc, général, amiral partent. De sa figure dédaigneuse, d'Annunzio les toise. Nitti s'adresse au peuple. « Peuple, lui dit-il, veux-tu encore la guerre ? Fais comprendre à cet insensé que tu le blâmes des risques qu'il te fait courir. » Le peuple, tout en ne voulant pas la guerre, souscrit deux millions un quart pour l'Insensé. La note de l'Angleterre arrive, sévère. « Angleterre ! Angleterre ! » crie de loin Nitti à d'Annunzio. « Carso ! Isonzo ! » répond de loin d'Annunzio à Nitti. Il y a l'armée. Nitti y pense. Il se prépare à lui donner des ordres. Il sortira, d'Annunzio, de ce port-là ! Il va les lancer. Il parle. Saisi, il s'arrête ; l'armée, à sa voix, reste sourde. Alors le roi se renseigne, alors les socialistes flairent. Tels sont les faits.

Excelsior, 14 octobre 1919

D'Annunzio est toujours à Fiume mais ses arditi *sont partis*

Abbazia, 9 janvier 1921

L'astre de Gabriele d'Annunzio vient de se coucher derrière le Monte-Maggiore. Il fait cependant un peu soleil. Et l'heure présente est un objet de curiosité sur la Riviera naguère autrichienne.

Nous sommes à la fin d'un beau conte (excepté pour les morts) et, comme chacun le sait, ce moment est emprcint de regret. Depuis un jour que nous rôdons, ombre inquiète, sur les rives du Quarnero, c'est de la mélancolie que nous humons. Car voilà tout un jour que nous croquons le marmot aux portes du blocus.

Ah mais ! c'est que ce n'est pas pour rire, cette fois ; c'est que M. Giolitti s'est fâché. Il n'entre pas souvent en colère, prétend l'histoire, mais quand la chose lui arrive, c'est le royaume entier qui se hérisse. Dans les autres pays du monde, lorsque le temps est mauvais et qu'il convient d'ouvrir son grand parapluie, on dit qu'il pleut des hallebardes, ici, ce sont des carabiniers.

Je ne suis pas un mauvais garçon, la vue d'un homme d'armes ne me retourne pas le sang ; j'admets volontiers la réunion des gardiens de l'ordre, mais si je restais en Italie, je sortirais de mon bon naturel. Je deviendrais anarchiste : il y a trop de carabiniers. Et ces carabiniers n'ont qu'une idée : vous empêcher d'aller à Fiume. C'est à croire qu'à leur école de gendarmes on ne leur a appris que cela dès l'enfance. Que voulez-vous que devienne un pauvre diable dans mon genre, tout seul sur une route, enveloppé de ce nuage d'hommes gris ? Même si cette route longe la mer, et la mer Adriatique, encore ! Je ne suis plus qu'un brin de paille aux mandibules d'une horde de fourmis. Non seulement je n'arrive pas à Fiume, mais je recule. Voyez d'ici ma situation.

Voilà seize mois (seize mois ! comme le temps passe !), quand d'Annunzio faisait avaler sa poussière aux généraux de son pays qui couraient à ses trousses afin d'interrompre sa marche à l'Étoile, nous rencontrâmes aussi des carabiniers (d'ailleurs, quand il n'y aura plus de carabiniers en Italie, c'est qu'on ne trouvera plus de chapelier pour leur confectionner leur beau chapeau, alors tout sera fini), mais au fond de ce golfe, à Fiume, tout-puissant était l'Animateur, comme dit monsieur Henry Bataille. Et nous ne connûmes d'autre peine que de lui faire tenir notre désir. Et son charme opéra. Et canne à la main, nous pénétrâmes dans la Cité passionnée.

Il est encore dans ce même palais, tout près, d'Annunzio. Mais, aujourd'hui, son pouvoir est éteint – son pouvoir matériel, bien entendu.

Entouré de quinze cents de ses plus purs légionnaires, qui renâclent aux ordres de Rome, il n'est plus que le dernier des rebelles. Ce n'est pas le moment de pousser vers lui notre cri de secours. C'est le général Caviglia qu'il faut séduire, et vous n'avez pas idée combien est méchant le général Caviglia. Voilà ce que c'est que d'avoir gagné, durant la

Grande Guerre, la victoire du Veneto : on devient méchant. Mais, de mémoire de globe-trotter, il n'est pas de nuit qui n'apporte son aide complice à des situations inextricables ; aussi, demain, nous serons tout de même à Fiume – dût se pendre le vainqueur des Autrichiens.

Pour le moment, ce sont les légionnaires qui en sortent. Voilà les trains qui passent. Ce ne sont pas des hommes, ce sont des lions. Ils ont des crinières à faire rugir de jalousie les plus nobles des rois de la jungle. On dirait qu'ils reviennent d'une expédition au pôle Sud et qu'ils avaient oublié d'emporter le coiffeur dans le bagage.

Chacun de ces conquistadors rapporte la toison. Toutes ne sont pas d'or, il en est de brunes, de fauves, frisées, crêpées et vaporeuses au point que la chéchia noire ne parvient pas à tenir à sa place habituelle, qui est le sommet du crâne. S'ils portent sans arrêt la main à leur tête, ne vous sentez pas chatouillé d'amour-propre, ce n'est pas qu'ils vous saluent, ils renfoncent le bonnet.

Le défilé aux portières, c'est la fresque qui, sous les apparences du chromo, revivra dans les maisons des bourgs et des faubourgs. Quand nos petits-enfants, en des temps qui ne nous intéressent plus personnellement, feront leur tour d'Italie, au-dessus des hautes cheminées des cuisines, comme aujourd'hui les chemises rouges de Garibaldi, ils trouveront les chéchias noires de d'Annunzio, car le nom de d'Annunzio commence, dans l'âme de chaque Italien, sa vie intérieure de légende.

Ce qu'il faut voir, ce sont les vingt ou vingt-cinq civils qui sont là, avec nous, attendant à la « frontière » le passage des trains. Ce sont les pères des *arditi* – de quelques-uns tout au moins –, bons bourgeois de Florence, de Bologne, de Turin ; ils ont appris un jour, par les journaux, qu'on se battait là-bas où était le fils. Il y eut de l'angoisse dans la famille. Alors le père, devant la mère qui pleurait, frappa la table de son poing et, le cœur plus gros que lui, dit énergiquement : « Moi, j'y vais ; moi, je vais le ramener, le petit. » Ils sont partis et les voilà.

Et ils les trouvent, et ils les arrachent des wagons. Et ces gosses ont vingt ans. Ils les tâtent. On dirait qu'ils sont, ces pères, à la porte d'une faculté, cherchant l'enfant qui vient d'être blackboulé au baccalauréat. Et ils les emmènent. Mais ces fils ont des croix sur la poitrine, et celle de Fiume, qui pend plus bas que les autres ; alors, subitement, le père qui les contemple est pris d'un soudain respect : ce sont des héros.

Et ils partent pour Abbazia. Ils courent au télégraphe, ils jettent ces mots dans une dépêche : « Suis avec le petit, va bien, rentrerons demain. » La mère est heureuse.

Et ce soir, à cet hôtel, véranda sur le golfe, dans ce décor de chaises bleues, de tables jaunes, de murs laqués où, se rappelant l'époque des plaisirs d'Autriche, on guette toujours, sans plus jamais la voir apparaître, la Viennoise dorée qui portait la valse dans ses yeux, ces pères et ces fils dînent par petites tables.

On fête en tête à tête le retour de l'« aventurier ». Le père offre ce qu'il y a de mieux, du pontet-canet 1887, sortant des caves du Jockey Club de Vienne, racheté par une comtesse hongroise, et que la grande dame revendit à l'Albergo du Quarnero, quand la défaite eut fait couler ses couronnes.

À travers les vitres, à trois milles en mer, vire un phare et scintillent des becs de gaz. C'est Fiume. L'*ardito*, son bras allongé, montre la ville à son père. Le père se tourne et tous deux regardent la cité de l'Exploit. Et on entend le fils qui prononce : « d'Annunzio ». Et on comprend que le père saisit qu'il ne faut pas dire du mal de d'Annunzio, d'Annunzio qui est toujours là dans ce gouffre d'ombre, d'Annunzio dont l'aventure s'achève, mais dont le souvenir commence, que les diplomates « ont eu », mais que le temps gardera.

Excelsior, 15 janvier 1921

D'Annunzio ne veut plus que silence, et refuse tout honneur

Fiume, 10 janvier 1921

C'est fini. L'incendie est éteint. La dernière étincelle vient de sombrer en mer. Fiume est dépouillé de son heaume, de sa cuirasse, de son épée. Fiume n'est plus qu'un corps sans armure et qui choit.

Le blocus déjoué, vous allez seul. Le silence est votre compagnon. Il y a bien un tram qui vous prend dès la sortie des barrages, parce qu'il est bon et qu'il tient à vous éviter trois kilomètres à pied ; mais si vous comptez sur les voyageurs pour élargir vos relations, vous serez navré : il n'y en a point.

Vous chercherez les drapeaux, ailes de la patrie, qui battaient à chaque fenêtre ; ils se sont envolés, tels des oiseaux migrateurs que le soleil d'Annunzio avait abusés, et seize mois durant maintenus ici. On ne chante plus. La marche des passants est moins décidée. Dans les *trattorie*, jadis bruissantes, les mandolines pendent au mur. Le ton a baissé, la ville est aphone. L'enthousiasme est décroché.

Nous sommes cependant rendus. C'est le centre. Place Dante. Où sont les feux d'artifice de septembre 1919 ? Où est d'Annunzio ? Au fait, où est-il ? Si nous le cherchions ?

Voici son palais de commandement au bout de cette montée. Grimpons. Il a reçu quelque chose, à ce qu'il nous semble, le palais : un obus en plein dans la face. Seulement l'obus s'est trompé. C'est dans la pièce à côté que travaillait d'Annunzio. Quand nous écrivons qu'il travaillait, nous voulons dire qu'il observait. Il observait un cuirassé italien qui, dans le golfe, se déplaçait drôlement.

– Il se range pour tirer, dit un de ses officiers.

– Allons donc, fit d'Annunzio, ils ne vont pas bombarder sans nous le dire. Nous ne sommes pas des Autri...

Le coup arriva bien visé.

– Chiens ! termina le poète.

Le plancher faillit lui manquer sous le pied. Les vitres lui volèrent sur la tête.

– J'étais jusqu'à cette seconde décidé à mourir. Je me préparais à sortir en tête de mes *arditi*, mais puisqu'ils ont voulu m'assassiner, ils ne m'auront pas.

Ses fidèles l'emportèrent. Durant cet enlèvement, il ne cessait de répéter :

– Ça se payera. Ça se payera.

Entrons dans le monument. Plus de sentinelles. L'hôtel de ville de Cambrai, au départ de Ludendorff n'était pas plus abandonné. Nous avons l'air de nous promener dans un musée après la fermeture. Cependant, nous ne pouvons pas dire qu'il n'y a pas un chien, c'est le seul être vivant que nous rencontrons. Il est marron, il est petit. Il flaire. Il cherche son maître dans la solitude. Il a le cœur très gros. C'est peut-être le chien de d'Annunzio. Voilà comment ces grands hommes agissent envers leurs amis, vois-tu, petit griffon.

Enlevées, les belles pancartes qui annonçaient aux portes : « Chef de cabinet », « Bureau des opérations ». Jusqu'aux tiroirs qui sont vidés et dont les trésors traînent à terre. Les magnifiques exhortations que le « commandante », comme un ciment armé, versait à ses citadins, ces « qui est contre nous ? », ces « ou l'Italie ou la mort », ces « que Fiume se défende ou qu'elle périsse », nous les souillerions de nos chaussures, si nous ne savions enjamber. Il n'est qu'une chambre qui garde son écriteau. Nous y courons. Si c'était là qu'il se trouve ! Non ! C'est la salle de bal. Nous ne sommes tout de même pas venu pour danser.

– D'Annunzio ? Monsieur. Où habite d'Annunzio ?

– *Non lo so.*

– Vous n'allez tout de même pas prétendre, monsieur le secrétaire de la mairie, que vous ignorez son domicile ? Nous ne voulons pas le manger.

– *Non lo so.*

C'est 18, via Buonarroti qu'il habite. Si nous vous donnons triomphalement son adresse, ce n'est pas pour que vous accouriez le voir. Il vous enverrait « coucher », comme l'on dit en langage des muses ; c'est que, l'avoir obtenue, représente un des plus beaux efforts de notre carrière.

Bref ! c'est en haut de ces escaliers. Soixante marches à gravir, au moins. Que ces poètes aiment les hauteurs ! Dix-huit. Une grille fermée. Derrière, un *ardito*, grande tenue, baïonnette au canon. Quoi ? d'Annunzio est redevenu simple citoyen et un poilu, lance aux deux poings, monte la garde sur son perron ? Mais nous avons tort de nous étonner ; ainsi qu'on va nous l'expliquer, ce poilu n'est que son domestique. Nous en eûmes, d'ailleurs, immédiatement la preuve : après avoir croisé le fer, il passa notre carte. D'Annunzio était couché. Il était malade. Il avait une laryngite. Nous avions donc le fin mot de l'affaire : voilà pourquoi plus personne ne parlait à Fiume !

Nous n'allons pas vous traîner en longueur. À quoi bon vous faire espérer plus longtemps ? Les grandes déceptions sont d'autant plus cruelles qu'elles sont plus nourries. D'Annunzio ne va rien vous dire.

– Quoi ? pas un mot ? vous écriez-vous.

Si, un seul :

– Silence !

Silence, silence ! répète-t-il ; il ne veut plus que du silence. Le gouvernement de Rome, repentant peut-être d'avoir sans vergogne joué de son exaltation et de sa bonne foi, lui fait demander par toutes les bouches comment il pourrait honorer sa sortie. S'en ira-t-il en auto ? Alors une brigade entière, le long de la route tortueuse d'Istrie, lui présentera les armes. Préférerait-il la voie de l'Adriatique ? Un torpilleur, le plus fringant, tous pavillons au vent, l'attendra à l'heure dite. Il a tout repoussé : honneurs de terre, honneurs de mer. Un courrier personnel se hâte vers Venise à la recherche de ses habits civils. Il les mettra. Il coiffera son chapeau melon et il disparaîtra tout seul, un soir sans lune, dans le brouillard si possible, tout seul et en silence.

Vers où cinglera-t-il ? Les quatre coins de la planète lui câblent des invitations. Un maharadjah le prie à dîner dans son Inde, mais il a horreur des éléphants. Il prétend qu'ils lui rappellent monsieur Nitti. Le parti mexicain qui n'est pas au pouvoir le demande, mais celui qui gouverne lui fait tenir que, dans ce cas, il lui tranchera la langue. La République du Liberia le veut, mais il n'y a pas d'aérodrome pour atterrir. La Havane le réclame, mais il ne fume pas. C'est en France qu'il pensait se rendre. Il aurait désiré revoir les Landes, Arcachon lui est resté dans le cœur, mais ses disciples interviennent : « Quoi, lui disent-ils, vous allez laisser les "Vieux", les négateurs de notre victoire marcher librement sur la grand-route de la Honte ? Vous ne serez plus là pour crier "Halte !". C'est impossible. Vous ne devez pas passer les frontières. » Cet appel à son devoir l'ébranle. Où ira-t-il ? C'est toujours la question.

Il ne sait qu'une chose : qu'il veut un endroit désert – du moins pour un mois ; car s'il ignore où il vivra, il sait ce qu'il veut faire. Il veut terminer un livre qu'il déclare sa meilleure œuvre. Il s'appelle *Le Nocturne* et son histoire est tragique. C'est quand il perdit un œil et qu'on lui avait bandé l'autre, et qu'il demeura cent jours aveugle – les cent jours – dans une chambre noire. Il s'était fait adapter, pour écrire, un appareil déroulant sans cesse sous sa main un ruban de papier. Et il composait sans voir.

Il avait, dans cet état, d'extraordinaires rêves, rêves qui se confondaient avec la réalité. Lorsque quelqu'un pénétrait dans son cachot et qu'il lui parlait, il ne savait plus si c'était la personne humaine ou un héros de ses songes qui ouvrait la bouche. Il vécut ainsi, en esprit, des scènes fantastiques. Il avait une telle peur de devenir fou qu'il eût préféré l'être réellement. Ses sublimes hallucinations se mêlaient à ses angoisses d'Italien. Le désastre de Caporetto passe à travers ses pages, comme un poignard déchirant les fantaisies de sa fougueuse imagination. C'est *Le Nocturne.*

Il est achevé. Sa fille, comme une idéale

télégraphiste en communication avec un poste qui se serait appelé le génie, collait une par une, chaque jour, les bandes que lui rendait l'appareil. Mais il est des morceaux indéchiffrables. C'est ce qu'il veut reconstituer.

Il est cinq heures. Des vapeurs viennent d'amener au port les légionnaires partis pour occuper Arbe et Veglia. Le commandant a voulu qu'ils saluassent Fiume avant le dispersement. Ils montent bien en rang, droits, dans une dernière parade, via Buonarroti. D'un cœur qui s'est donné et ne se reprend pas, ces hommes, encore des enfants, vont lui consigner leur drapeau. D'Annunzio apparaît derrière les vitres de sa chambre. Il est très grand, il est très pur. Il a l'air de sa statue souffrante. Et l'homme qui a osé cela pleure.

Excelsior, 16 janvier 1921

Collection "Arléa-Poche"

2. Paul Morand, *Éloge du repos*
4. Jerome K. Jerome, *Pensées paresseuses d'un paresseux*
6. Jean-Claude Guillebaud, *Le Voyage à Kéren*
7. Pierre Veilletet, *La Pension des Nonnes*
8. René Girard, *Quand ces choses commenceront...*
10. Honoré de Balzac, *Petites Misères de la vie conjugale*
11. Henri Guillemin, *Silence aux pauvres !*
13. J.M.G. Le Clézio, *Ailleurs*
14. Jerome K. Jerome, *Trois Hommes sur un vélo*
15. Pierre Veilletet, *Le Vin, leçon de choses*
16. Albert Memmi, *Bonheurs*
19. Arthur Rimbaud, *Une saison en enfer*
20. Arthur Rimbaud, *Illuminations*

HC. Marquis de Sade, *Idée sur les romans*

23. Robert Guillain, *Les Geishas*
24. Gisèle d'Estoc, *Cahier d'amour*
25. Denis Tillinac, *Le Bar des Palmistes*
27. Jerome K. Jerome, *Journal d'un touriste*
35. Albert Memmi, *L'Exercice du bonheur*
37. Honoré de Balzac, *Traité de la vie élégante*
38. Dominique Noguez, *La Colonisation douce*
39. Honoré de Balzac, *Les Journalistes*
40. Joseph Delteil, *La Cuisine paléolithique*
41. Pierre Veilletet, *Mots et merveilles*
42. Jerome K Jerome, *Arrière-Pensées d'un paresseux*
44. Tzvetan Todorov, *Les Abus de la mémoire*
46. A. t'Serstevens, *Les Corsaires du roi*
50. J. B. d'Aurevilly, *Dessous de cartes d'une partie de whist*
51. Jean-Philippe Arrou-Vignod, *Safari*
54. Prosper Mérimée, *Lettres libres à Stendhal*
57. Pierre Veilletet, *Bords d'eaux*
61. Pier Paolo Pasolini, *Qui je suis*
62. Albert Memmi, *Ah, quel bonheur !*
63. Michel Boujut, *Le Jeune Homme en colère*
64. Paul Morand, *Mes débuts*
65. Pascal Bruckner, *Le Vertige de Babel*
66. Germaine Tillion, *La Traversée du mal*
67. Arthur Rimbaud, *Poésies*
68. Alain Etchegoyen, *Éloge de la féminité*
71. Serge Halimi, *Quand la gauche essayait*

72. Olivier Boura, *Marseille ou la mauvaise réputation*
73. François Thual, *Géopolitique du chiisme*
74. Jacques Berque, *Il reste un avenir*
75. Jean-Claude Guillebaud, *L'Esprit du lieu*
76. Edgar Morin, *Pour une politique de civilisation*
77. Alain Golomb, *Profs et Cie*
78. Raymond Jean, *Tutoiements*
79. Patrice Louis, *C'est beau, mais c'est faux*
80. Hervé Laroche, *Dictionnaire des clichés littéraires*
81. Albert Memmi, *Le Nomade immobile*
82. Roger Nimier, *Variétés*
83. Olivier Boura, *Les Atlantides, généalogie d'un mythe*
84. Robert Guillain, *Aventure Japon*
85. Takeshi Kitano, *Rencontres du septième art*
86. Matias Aires, *Lettre sur le bonheur*
87. Père Olivier-Marie, *Curé de campagne*
88. Léon Blum, *Le Dernier Mois*
89. Pier Paolo Pasolini, *La Longue Route de sable*
90. Effe Géache, *Nuit d'orgie à Saint-Pierre Martinique*
91. Denis Huisman, Louis Monier, *Visages de la philosophie*
92. Patrice Louis, *Du bruit dans Landerneau*
93. Jean-Philippe Arrou-Vignod, *Être heureux*
94. Natalie Angier, *Éloge de la bête*
95. Henri Brunel, *Éloge de l'oiseau*
96. Oscar Wilde, *L'Âme humaine*
97. Patrice Louis, *Toutes les Suédoises s'appellent Ingrid*
98. Edgar Morin, *Itinérances*
99. Jean-Claude Mourlevat, *Je voudrais rentrer à la maison*
100. Henri Brunel, *Printemps Été (L'Année zen)*
101. Mark Twain, *Écrits secrets*
102. Pierre Lévy, *Le Feu libérateur*
103. Albert Simonin, *Le Savoir-Vivre chez les truands*
104. Albert Simonin, *Lettre ouverte aux voyous*
105. Henri Brunel, *Automne Hiver (L'Année zen)*
106. Alfred Jarry, *Gestes et opinions du Dr Faustroll, pataphysicien*
107. Pierre Vidal-Naquet, *Le Choix de l'histoire*
108. George Steiner, *Le Silence des livres*
109. Gustave Flaubert, *Voyages*
110. Philippe Jaccottet, *De la poésie*
111. Alexandre Vialatte, *Bestiaire*
112. Béatrix Beck, *L'Enfant Chat*
113. Abbé Grégoire, *De la traite et de l'esclavage des Noirs*
114. Patrice Louis, *Aimé Césaire, rencontre avec un Nègre fondamental*

115. Paul Léautaud, *Le Petit Ouvrage inachevé*
116. Pier Paolo Pasolini, *Médée*
117. Alberto Moravia, *Promenades africaines*
118. Pierre Charras, *La Crise de foi(e)*
119. Rabindranath Tagore, *Histoires de fantômes indiens*
120. Arthur Rimbaud, *Poésies* (édition nouvelle)
121. Oscar Wilde, *Aphorismes*
122. Alberto Moravia, *Une certaine idée de l'Inde*
123. Régis Debray, *Sur la mort d'Albert Londres*
124. Albert Londres, *Marseille porte du Sud*
125. Albert Londres, *Au bagne*
126. Albert Londres, *Terre d'ébène*
127. Albert Londres, *Contre le bourrage de crâne*
128. Albert Londres, *Les Forçats de la route*
129. Marie Sizun, *Le Père de la petite*
130. Albert Londres, *La Guerre à Shanghai*
131. Michel Pastoureau, *Les Animaux célèbres*
132. Gilles Brochard, *Le Thé dans l'encrier*
133. Albert Londres, *L'homme qui s'évada*
134. Albert Londres, *Dans la Russie des Soviets*
135. Dominique Barbéris, *La Ville*
136. Philippe Mezescaze, *L'Impureté d'Irène*
137. Armand Frémont, *La Mémoire d'un port (Le Havre)*
138. Renzo Piano, *La Désobéissance de l'architecte*
139. Claro, *Ezzelina*
140. Sophie Avon, *Le Silence de Gabrielle*
141. Jean-François Merle, *Cale sèche*
142. Emmanuel Pons, *Je viens de tuer ma femme*
143. Pierre Veilletet, *La Pension des Nonnes*
144. Achille Zavata, *Trente Ans de cirque*
145. Didier Folléas, *Albert Londres en Terre d'ébène*
146. Albert Londres, *Chez les fous*
147. Albert Londres, *Les Chemins de Buenos Aires*
148. Franco Ferrucci, *Lettre à un adolescent sur le bonheur*
149. Jean-Claude Guillebaud, *La Traversée du monde*
150. Pierre Mac Orlan, *Rues secrètes*
151. Dominique Desanti, *Le Roman de Marina*
152. Henry Miller, *Aquarelles*
153. Henry Miller, *Premiers Regards sur la Grèce*
154. Albert Londres, *Dante n'avait rien vu*
155. Albert Londres, *Le Juif errant est arrivé*
156. Michel Pastoureau, *Du coq gaulois au drapeau tricolore* (à paraître)
157. Michaël Ferrier, *Tokyo, Petits Portraits de l'aube*

158. Alberto Moravia, *Le Voyage à Rome*
159. Ernst Gombrich, *Ce que l'image nous dit*
160. Pierre Mac Orlan, *Chroniques de la fin d'un monde*
161. Mark Twain, *Aphorismes*
162. Albert Londres, *Au Japon*
163. Charles Baudelaire, *Aphorismes*
164. Albert Londres, *Parmi le peuple aux dents laquées*
165. Albert Londres, *La Grande Guerre*
166. Albert Londres, *Ce qui se passe dans l'Inde*
167. Albert Londres, *L'Équipée de Gabriele D'Annunzio*

ACHEVÉ D'IMPRIMER
EN OCTOBRE 2010
SUR LES PRESSES DE
CORLET IMPRIMEUR
À CONDÉ-SUR-NOIREAU
C A L V A D O S

Numéro d'édition : 921
Numéro d'impression : 131691
Dépôt légal : octobre 2010
Imprimé en France